LOVE
まさお君が行く!
Wan!

おはようざっす。松本《まつもと》秀樹《ひでき》ですっ
ラブで、一番安《いちばんやす》いのいないですか？
おい、まさお！
WANTED《ウォンテッド》！
WANTED《ウォンテッド》！
真面目《まじめ》にやれよ
お前《まえ》の方《ほう》がギャラ高《たか》いんだから
松本《まつもと》さんっ、ストップ！
うわぁぁぁ！

三《さん》メートル!
これは落《お》ちたら大変《たいへん》です!
わぁ〜!
わわぁ〜!
松本《まつもと》さん、笑《わら》い取《と》ろうとしなくていいからっ!
そんなん言《い》われても、俺《おれ》、芸人《げいにん》だし

松本《まつもと》ローリングサンダ——！よぉ——しっ!!
なんで俺《おれ》が投《な》げて俺《おれ》が取《と》りに行《い》くんだよっ
あっ！
松本《まつもと》さん！
松本《まつもと》！
おまえ…
助《たす》けに来《き》てくれたのか……？

「ねえ、秀君《ひでくん》。あたしがいなくなることとか考《かんが》えたりする?」

「今《いま》はそれよりも、あのバカ犬《いぬ》の前《まえ》にどうでるかだよ」

あの頃《ころ》みたいに、あたしのこと笑《わら》わせてよ

悪《わる》いけど、今《いま》スベリそうだから、パス

まさお、今日《きょう》だけは一緒《いっしょ》にいてくれねえか

里美《さとみ》にも見《み》ててほしかったなぁ
DOG DEPT
れんたる
まさお君《くん》、行《い》けーー！
START
まさお、頑張《がんば》れーー!!
FINISH
まさおっ！どうしたんだ!?

本当《ほんとう》に……
結婚《けっこん》しちまうんだな……
何《なに》やってんだよっ、まさお！
危《あぶ》ない、まさお！
やっと笑《わら》わせてくれたね
……里美《さとみ》

そいつ、ダイアンの『ダイ』をとって、だいすけっていうんだ
だいすけ、か
俺《おれ》と一緒《いっしょ》に旅《たび》に出《で》てみるか？

LOVE　まさお君が行く！

1.

澄《す》みきった青空《あおぞら》が広《ひろ》がる昼下《ひるさ》がり。

ローカル局《きょく》『東京《とうきょう》タウンテレビ』のディレクター・河原茂雄《かわはらしげお》はアシスタントディレクターの吉野水希《よしのみずき》と共《とも》に、動物《どうぶつ》プロダクション『WAN《ワン》 NYAN《ニャン》』を訪《おとず》れていた。

事務所《じむしょ》の中《なか》では多種多様《たしゅたよう》なタレント犬《けん》たちが好《す》き勝手《かって》に歩《ある》き回《まわ》っていて、壁《かべ》にはレース犬《けん》の賞状《しょうじょう》やトロフィー、過去《かこ》の出演作品《しゅつえんさくひん》のポスターやスチールが飾《かざ》られていた。

「まあ、ウチはいろんなタレント犬《けん》を用意《ようい》してますから、予算《よさん》に応《おう》じて選《えら》んでくださ い」

社長《しゃちょう》の辻浩平《つじこうへい》に言《い》われ、ソファに座《すわ》った河原《かわはら》は差《さ》し出《だ》されたタレント犬《けん》のパンフレットをめくった。

「みんな映画《えいが》やドラマで活躍《かつやく》してるから」

「何《なに》か見《み》たことあります」

河原《かわはら》が言《い》うと、辻《つじ》は満足《まんぞく》そうにうなずいた。

河原《かわはら》はパンフレットに書《か》かれた〈一日《いちにち》／二十万《にじゅうまん》〉という料金《りょうきん》を見《み》て驚《おどろ》き、犬《いぬ》をなでている水希《みずき》に「おい」と声《こえ》をかけ手招《てまね》いた。

「これ、おまえの一《いっ》か月《げつ》の手取《てど》りと同《おな》じじゃねえか？」

「そんなにもらってませんよ！」

水希《みずき》は口《くち》をとがらせ、河原《かわはら》の横《よこ》に座《すわ》った。二人《ふたり》でパンフレットをざっと見《み》てみたが、どの犬《いぬ》も同《おな》じような料金設定《りょうきんせってい》で、河原《かわはら》は「うーん」とうなった。

「社長《しゃちょう》。もうちょっと安《やす》いの、いないですかね。何《なん》でもいいんで……」

「ダメですよ！　ラブラドールじゃないと！」

河原《かわはら》の発言《はつげん》に思《おも》わず水希《みずき》が身《み》を乗《の》りだした。

「あの愛《あい》くるしさで癒《いや》される番組《ばんぐみ》なんですから！」

「……じゃあ、ラブで一番安《いちばんやす》いのいないですか？」

河原《かわはら》が尋《たず》ねると、辻《つじ》はわざとらしくため息《いき》をついた。そして河原《かわはら》からパンフレットを取《と》り上《あ》げ、タレント犬《けん》たちに「おい、おまえらもういい。帰《かえ》っていいよ。もったいない」と声《こえ》をかけ犬舎《けんしゃ》に戻《もど》した。さらにスタッフに「あ、コーヒーいらないから」と手《て》を振《ふ》る。

「ラブで一番安《いちばんやす》いのだと、これかな」

辻《つじ》は別《べつ》のパンフレットを持《も》ってきて、テーブルの上《うえ》に放《ほう》り投《な》げた。河原《かわはら》が手《て》に取《と》ると、

「あ、それドッグトレーナー抜《ぬ》きの値段《ねだん》ですからね」

と忠告《ちゅうこく》する。そのパンフレットは先《さき》ほどのものとは違《ちが》って簡素《かんそ》な作《つく》りだったが、そこに載《の》っているタレント犬《けん》の料金《りょうきん》は半額《はんがく》くらいになっていた。

「ホントだ、安《やす》いや」

河原《かわはら》はホッと顔《かお》を緩《ゆる》め、パンフレットをめくった。すると、お目当《めあ》てのラブラドールは、一日二万円《いちにちにまんえん》だった。

「気《き》に入《い》った。この犬《いぬ》にしよう」

「河原《かわはら》さん、値段《ねだん》しか見《み》てないじゃないですか」

水希《みずき》があきれた顔《かお》で言《い》うと、辻《つじ》がニヤリと笑《わら》った。

「いや〜お目《め》が高《たか》いですよ。彼《かれ》はトムと共演《きょうえん》してるからね」

「え？　トムって、まさかトム・クルーズですか!?」

水希《みずき》が目《め》を丸《まる》くしたとたん、部屋《へや》の外《そと》から大《おお》きな物音《ものおと》がした。河原《かわはら》と水希《みずき》が驚《おどろ》いてドアの方《ほう》を見《み》ると、辻《つじ》がため息《いき》をついた。

「まさお、か……」

とつぶやき、部屋《へや》から出《で》て行《い》く。気《き》になった河原《かわはら》と水希《みずき》もパンフレットを置《お》いて辻《つじ》の後《あと》をついていった。

辻《つじ》は階段《かいだん》をはさんだ向《む》かい側《がわ》の部屋《へや》のドアを開《あ》け、奥《おく》に入《はい》っていった。

倉庫《そうこ》らしきその部屋《へや》にはスチール棚《だな》が置《お》かれ、ドッグフードや備品《びひん》が所狭《ところせま》しと並《なら》べられている。

「おい、まさお！」

辻《つじ》は部屋《へや》の奥《おく》をのぞいて舌打《したう》ちすると、ドアの前《まえ》に立《た》っていた河原《かわはら》たちを押《お》しのけて部屋《へや》から出《で》て行《い》った。

「おいおいおい！　またやってるぞ！」

と、階段《かいだん》を上《あ》がりながらスタッフに叫《さけ》んでいる。河原《かわはら》と水希《みずき》はおそるおそる部屋《へや》の奥《おく》へ入《はい》っていった。

すると――床《ゆか》にはスチール棚《だな》から倒《たお》れた備品《びひん》が散乱《さんらん》し、その真《ま》ん中《なか》でラブラドール・レトリーバーがドッグフードの袋《ふくろ》に頭《あたま》を突《つ》っ込《こ》んでムシャムシャとエサを食《た》べていた。お尻《しり》を突《つ》き出《だ》してシッポをぶんぶんと振《ふ》るその姿《すがた》を、河原《かわはら》と水希《みずき》はぽかんと口《くち》を開《あ》けて眺《なが》めた。

都内《とない》のマンションの一室《いっしつ》に、とある芸能《げいのう》プロダクションが事務所《じむしょ》を構《かま》えていた。

事務所《じむしょ》の壁《かべ》には所属《しょぞく》している芸人《げいにん》の宣伝用写真《せんでんようしゃしん》が飾《かざ》られ、社長《しゃちょう》の黒田光男《くろだみつお》と事務《じむ》の女《じょ》性《せい》が一人《ひとり》、そしてソファでいびきをかきながら寝《ね》ている金髪《きんぱつ》の若《わか》い男《おとこ》がいた。

「うちはバラエティ豊《ゆた》かなのがいっぱいいますからねぇ。よりどりみどりっすよ」

東京《とうきょう》タウンテレビの河原《かわはら》ディレクターからテレビ出演《しゅつえん》の依頼電話《いらいでんわ》を受《う》けた黒田《くろだ》は、ほくほくしながら壁《かべ》の写真《しゃしん》を見《み》やった。

『もうね、ギャラ安《やす》ければ何《なん》だっていいわけよ』

「あ、そうですか……」

河原《かわはら》が出《だ》した条件《じょうけん》に、黒田《くろだ》は肩《かた》をすくめた。よっぽど予算《よさん》が少《すく》ない番組《ばんぐみ》なのだろう。

ギャラが安《やす》ければ何《なん》だっていいと言《い》われても……と考《かんが》えあぐねた黒田《くろだ》は、ソファで寝《ね》ている男《おとこ》を見《み》てポンッとひざを打《う》った。

「だったらいいのがいますよ！　芸歴十年《げいれきじゅうねん》なんで、いい仕事《しごと》しますよぉ！」

と答《こた》えると少《すこ》し考《かんが》え、「……そこそこいい仕事《しごと》しますよ。たぶん」と訂正《ていせい》した。

『たぶん？』

河原《かわはら》の怪訝《けげん》そうな声《こえ》が受話器《じゅわき》から聞《き》こえてきた。

「あ、いえ、たぶんなんて言《い》ってないです！」

黒田《くろだ》は慌《あわ》てて言《い》うと、ソファを蹴《け》った。

「なに寝《ね》てんだよっ、松本《まつもと》！」

ソファで寝《ね》ていた松本秀樹《まつもとひでき》はビクッと体《からだ》を起《お》こすと、ねぼけまなこをこすりながら大《おお》きなあくびをした。そして電話《でんわ》にぺこぺこしている黒田《くろだ》をぼんやりと見《み》つめると、またソファに横《よこ》たわって目《め》を閉《と》じ、いびきをかきはじめた。

宣伝用《せんでんよう》の写真《しゃしん》が並《なら》べられた壁《かべ》の一番端《いちばんはし》には、『WANTED《ウォンテッド》』とコンビ名《めい》が書《か》かれた松本《まつもと》とアメリカ人《じん》の写真《しゃしん》が掛《か》けられていた。

その写真《しゃしん》だけがなぜか傾《かたむ》いていて、それはまるで二人《ふたり》の状況《じょうきょう》を暗示《あんじ》しているようだった。

お笑《わら》い芸人《げいにん》になって十年《じゅうねん》、初《はじ》めてテレビ番組《ばんぐみ》の出演《しゅつえん》が決《き》まった松本《まつもと》は、喜《よろこ》び勇《いさ》んで東《とう》京《きょう》タウンテレビの制作《せいさく》センターを訪《おとず》れた。

「おはようざっす。松本秀樹《まつもとひでき》ですっ」

少《すこ》しでも顔《かお》を売《う》ろうとすれ違《ちが》う社員《しゃいん》に挨拶《あいさつ》をしまくったが、みんな忙《いそが》しそうに素通《すどお》りしていく。松本《まつもと》は「すいません」と男性社員《だんせいしゃいん》を呼《よ》び止《と》めた。

「あのぉ、吉野水希《よしのみずき》さんは……」

「あの奥《おく》」

男性社員《だんせいしゃいん》は柱《はしら》を指差《ゆびさ》した。

「ありがとうございます。松本《まつもと》ですっ、よろしくお願《ねが》いしまっす！」

松本《まつもと》は頭《あたま》を下《さ》げ、男性社員《だんせいしゃいん》が示《しめ》した方《ほう》へと歩《ある》いていった。

柱《はしら》の奥《おく》にある小《ちい》さなスペースには段《だん》ボール箱《ばこ》が積《つ》まれ、真《ま》ん中《なか》にデスクが置《お》かれていた。その上《うえ》にはファックス機《き》やコーヒーメーカー、そしてまた段《だん》ボール箱《ばこ》が乱雑《らんざつ》に置《お》かれていて、まるで倉庫《そうこ》のようだった。

「きったねー……」

松本《まつもと》がその雑然《ざつぜん》としたスペースに驚《おどろ》いていると、「松本《まつもと》さん……？」と背後《はいご》で声《こえ》がした。振《ふ》り返《かえ》ると段《だん》ボール箱《ばこ》を持《も》った若《わか》い女性《じょせい》が立《た》っていた。

「おはようざっす！」

松本《まつもと》が挨拶《あいさつ》をすると、女性《じょせい》は段《だん》ボール箱《ばこ》をデスクの上《うえ》に無理《むり》やり置《お》いてズボンのポケットから名刺《めいし》入《い》れを取《と》り出《だ》し、

「はじめまして、吉野水希《よしのみずき》です」

と番組名《ばんぐみめい》の入《はい》った名刺《めいし》を渡《わた》した。

〈まさお君《くん》が行《い》く！　アシスタント・ディレクター　吉野水希《よしのみずき》〉

松本《まつもと》は名刺《めいし》に書《か》いてある番組名《ばんぐみめい》を見《み》て「ん？」と目《め》を細《ほそ》めた。

(何《なん》で〈まさお君《くん》〉なんだ……？)

不思議《ふしぎ》に思《おも》った松本《まつもと》は、廊下《ろうか》を歩《ある》きながら水希《みずき》に尋《たず》ねた。

「あのぉ……番組《ばんぐみ》のタイトル、間違《まちが》ってません？」

「はい？」

「〈まさお君《くん》〉じゃなくて、俺《おれ》、松本秀樹《まつもとひでき》なんで、〈ひでき君《くん》〉じゃないかと……」

「あれ？　事務所《じむしょ》から説明受《せつめいう》けてませんか？　今回《こんかい》は〈まさお〉の旅《たび》に、松本《まつもと》さんがついていくっていう企画《きかく》なんで」

水希《みずき》があっさり言《い》うと、松本《まつもと》は眉間《みけん》に手《て》を当《あ》てて思《おも》いっきり顔《かお》をしかめた。

社長《しゃちょう》からそんな話《はなし》は聞《き》いていない。てっきり自分《じぶん》が主役《しゅやく》の番組《ばんぐみ》だと思《おも》っていたのに……。

「まさおさんって……？」

すっかりテンションが落《お》ちた松本《まつもと》が尋《たず》ねると、水希《みずき》の携帯電話《けいたいでんわ》が鳴《な》った。

「一応《いちおう》、トム・クルーズとも共演《きょうえん》してるらしいですよ」

「マジっすか!?」

予想外《よそうがい》の答《こた》えに松本《まつもと》は目《め》を丸《まる》くした。

「ちょっとすみません」水希《みずき》は電話《でんわ》に出《で》ると、話《はな》しながら廊下《ろうか》を進《すす》んでいった。

一人残《ひとりのこ》された松本《まつもと》はぽつんと廊下《ろうか》にたたずむ。ふと周《まわ》りを見《み》ると、会議室《かいぎしつ》の扉《とびら》に『まさお様《さま》　控《ひか》え室《しつ》』と書《か》かれた貼《は》り紙《がみ》があった。

「……誰《だれ》だよ、まさおさんって」

トム・クルーズと共演《きょうえん》した〈まさお〉なんて聞《き》いたことがないと思《おも》いつつ、松本《まつもと》は控《ひか》え室《しつ》のドアをノックした。

「すんません。今度一緒《こんどいっしょ》に番組《ばんぐみ》をやることになりました、松本秀樹《まつもとひでき》です。ご挨拶《あいさつ》に伺《うかが》いましたぁ」

ドアに顔《かお》を近《ちか》づけてみたが、返事《へんじ》がない。松本《まつもと》は不審《ふしん》に思《おも》いつつも、「失礼《しつれい》しちゃいまーす」とドアを開《あ》けた。

すると、椅子《いす》やテーブルが片《かた》づけられた会議室《かいぎしつ》のど真《ま》ん中《なか》で、ラブラドール・レトリーバーがドッグフードを食《た》べていた。その犬《いぬ》はドッグフードをほおばりながら松本《まつもと》の方《ほう》を振《ふ》り向《む》くと、再《ふたた》びエサ皿《ざら》に顔《かお》を向《む》けた。松本《まつもと》は思《おも》わずドアを閉《し》めた。

「……え？　何《なに》？」

目《め》をパチパチさせてドアの貼《は》り紙《がみ》を再確認《さいかくにん》した松本《まつもと》は、もう一度《いちど》ゆっくりとドアを開《あ》けた。すると、エサを食《た》べ終《お》えた犬《いぬ》がごろんと横《よこ》になっていた。やっぱり他《ほか》には誰《だれ》もいない。

「……まさお、さん？」

松本《まつもと》はまさかと思《おも》いつつ名前《なまえ》を呼《よ》んでみた。すると、その犬《いぬ》はチラリと松本《まつもと》を見《み》て、垂《た》れた耳《みみ》をピクリと動《うご》かした。

エサ皿《ざら》をよく見《み》てみると、〈まさお〉とマジックで書《か》いてある。

「……何《なん》だ、おまえ」

松本《まつもと》は思《おも》わずつぶやいた。

一緒《いっしょ》に旅《たび》をする〈まさお〉は犬《いぬ》だったのか…。

2.

かなり年季《ねんき》の入《はい》った建物《たてもの》の『第二《だいに》さくら荘《そう》』、それが松本《まつもと》が暮《く》らしているアパートだった。

共同玄関《きょうどうげんかん》、共同《きょうどう》トイレ、もちろん風呂《ふろ》なし。廊下《ろうか》にずらりと木製《もくせい》のドアが並《なら》び、南京錠《なんきんじょう》がぶら下《さ》がっている。

松本《まつもと》が一畳《いちじょう》ほどのキッチンで鮭《さけ》を網《あみ》に乗《の》せて焼《や》いていると、松本《まつもと》の彼女《かのじょ》の須永里美《すながさとみ》が散《ち》らかった部屋《へや》を片《かた》づけはじめた。壁《かべ》には額縁《がくぶち》に入《はい》った『WANTED《ウォンテッド》』の紹介記事《しょうかいきじ》の切抜《きりぬ》きが掛《か》けられていて、里美《さとみ》は傾《かたむ》いた額縁《がくぶち》を直《なお》した。

「何《なに》、その旅番組《たびばんぐみ》って。グルメリポーター？」

松本《まつもと》のテレビ出演《しゅつえん》が決《き》まったと聞《き》いて、里美《さとみ》は嬉《うれ》しそうに尋《たず》ねた。

「犬《いぬ》を連《つ》れて、全国《ぜんこく》の面白《おもしろ》ペットを訪《たず》ねて紹介《しょうかい》するって番組《ばんぐみ》。オーディションもなくて、いきなり俺《おれ》にやってくれって」

「鈴木君《すずきくん》は？　一緒《いっしょ》じゃないの？」

里美《さとみ》に訊《き》かれて、松本《まつもと》は壁《かべ》の紹介記事《しょうかいきじ》に目《め》をやった。

記事《きじ》のタイトルには『ブレイクの予感《よかん》!?　国際漫才炸裂《こくさいまんざいさくれつ》!!』と書《か》かれ、星条旗柄《せいじょうきがら》のシルクハットとジャケットに身《み》を包《つつ》んだアメリカ人《じん》〈トム・鈴木《すずき》〉と松本《まつもと》が一緒《いっしょ》にポーズを決《き》めていた。

「あいつ最近《さいきん》、事務所《じむしょ》にも顔出《かおだ》さないし、覇気《はき》ねんだよな」

「まあ、十年《じゅうねん》やってきて、いろいろ考《かんが》えてるんでしょ」

「え？　何《なに》か考《かんが》えることある？」

菜《さい》ばしを持《も》った松本《まつもと》がぽかんとしているのを見《み》て、里美《さとみ》は口《くち》をつぐんだ。

（芸人《げいにん》を十年続《じゅうねんつづ》けても全《まった》く売《う》れなければ、普通《ふつう》は不安《ふあん》になったり今後《こんご》についてあれこれ考《かんが》えるでしょう。それに、彼女《かのじょ》のことだって……）

里美《さとみ》が黙《だま》っていると、突然《とつぜん》、テレビの横《よこ》に置《お》かれていたオルゴールのフランス人形《にんぎょう》が音《おと》を奏《かな》でながら回《まわ》り出《だ》した。

「こいつ、夜中《よなか》にも鳴《な》り出《だ》すんだよな」

松本《まつもと》はフランス人形《にんぎょう》の頭《あたま》をポンと叩《たた》いた。すると、音《おと》と人形《にんぎょう》の動《うご》きがピタリと止《と》まった。

「あ！　ねえ！」

キッチンを振《ふ》り返《かえ》った里美《さとみ》が、もくもくと上《あ》がる煙《けむり》に気《き》づいた。

「やべっ！」

松本《まつもと》は慌《あわ》ててガスコンロの前《まえ》に行《い》くと、鮭《さけ》をひっくり返《かえ》し、横《よこ》の窓《まど》を開《あ》けた。開《あ》いた窓《まど》から煙《けむり》が廊下《ろうか》へと流《なが》れていく。

「焦《こ》げちゃった？」

里美《さとみ》は柱《はしら》に掛《か》けられたネタ帳《ちょう》の大学《だいがく》ノートを一枚破《いちまいやぶ》り、マジックで『鮭《さけ》、焼《や》いてます』と書《か》くと、廊下《ろうか》に出《で》てドアに貼《は》った。

「ねえ。これがきっかけで売《う》れちゃったらどうする？」

ネタ帳《ちょう》を柱《はしら》に戻《もど》した里美《さとみ》が訊《き》くと、松本《まつもと》はまな板《いた》で煙《けむり》を仰《あお》ぎながら「そりゃまあアレだね」と答《こた》えた。

「換気扇《かんきせん》のあるアパートに脱出《だっしゅつ》だね。そんでさ、外車《がいしゃ》でもバーンと買《か》っちゃって、それに乗《の》って写真撮《しゃしんと》ってさ。その写真《しゃしん》をずーっと眺《なが》めてたいねぇ」

そう言《い》って松本《まつもと》がまな板《いた》に顔《かお》を近《ちか》づける姿《すがた》を、里美《さとみ》は黙《だま》って見《み》つめた。松本《まつもと》が顔《かお》を上《あ》げる。

「ここ、笑《わら》うとこだよ」

「……うん」

もう少《すこ》し現実的《げんじつてき》な答《こた》えを期待《きたい》していた里美《さとみ》は、力《ちから》なく微笑《ほほえ》んでうなずいた。

〈まさお君《くん》が行《い》く！〉のロケ当日《とうじつ》、松本《まつもと》はまだ薄暗《うすぐら》い早朝《そうちょう》に動物《どうぶつ》プロダクション『WAN《ワン》　NYAN《ニャン》』を訪《おとず》れた。

辻《つじ》に案内《あんない》されて犬舎《けんしゃ》に行《い》くと、並《なら》んだケージの中《なか》で犬《いぬ》たちが寝《ね》ていて、『まさお』と書《か》かれた札《ふだ》がついた一番端《いちばんはし》のケージには、テレビ局《きょく》で対面《たいめん》したラブラドール・レトリーバーが寝《ね》そべっていた。

辻《つじ》はケージからまさおを出《だ》してリードを松本《まつもと》に渡《わた》した。するとまさおが犬舎《けんしゃ》を出《で》ようとして、松本《まつもと》は慌《あわ》ててリードを引《ひ》っ張《ぱ》った。

「あの、よくわかんないですけど……ドッグトレーナーなしって、大丈夫《だいじょうぶ》なんですか?」

「そういう条件《じょうけん》で、二万円《にまんえん》でまさおを貸《か》し出《だ》すんだから」

「二万円《にまんえん》!? 俺《おれ》、手取《てど》りで八千円《はっせんえん》ですよ!?」

松本《まつもと》が驚《おどろ》いていると、辻《つじ》は冷《さ》めた目《め》で松本《まつもと》を見《み》た。

「そりゃそうでしょ。だって君《きみ》、テレビとかで見《み》たことないもん。——はい、これ」

と、一冊《いちさつ》の本《ほん》を差《さ》し出《だ》す。表紙《ひょうし》には『犬《いぬ》でもわかる、犬《いぬ》のしつけＢＯＯＫ《ブック》』というタイトルが書《か》かれていた。

「何《なん》だ、そりゃ!?」

松本《まつもと》がそのタイトルに突《つ》っ込《こ》むと、辻《つじ》が手《て》を差《さ》し出《だ》した。

「それ、税込《ぜいこ》み千五百七十五円《せんごひゃくななじゅうごえん》ね」

「え、買《か》うの!?」

松本《まつもと》が目《め》を丸《まる》くすると、辻《つじ》は怪訝《けげん》そうな顔《かお》をした。

「むしろ、何《なん》で無料《むりょう》なの？」

「……手堅《てがた》い人《ひと》だなぁ」

松本《まつもと》は仕方《しかた》なくズボンのポケットからお金《かね》を出《だ》した。しかし、あいにく小銭《こぜに》しかなく、千五百七十五円《せんごひゃくななじゅうごえん》には到底足《とうていた》りなかった。辻《つじ》は松本《まつもと》の所持金《しょじきん》を見《み》てため息《いき》をつくと、

「あとでまとめて請求《せいきゅう》するから」

と、犬舎《けんしゃ》を出《で》て行《い》った。

残《のこ》された松本《まつもと》は足元《あしもと》で眠《ねむ》そうに伏《ふ》せているまさおを見《み》つめた。

(このバカ面《づら》した犬《いぬ》が、ギャラ二万円《にまんえん》かよ……！)

何《なん》だか無性《むしょう》にむかついて、松本《まつもと》はリードをグイッと引《ひ》っ張《ぱ》った。

「真面目《まじめ》にやれよ。おまえの方《ほう》がギャラ高《たか》いんだから」

松本《まつもと》はまさおを連《つ》れて、ロケ現場《げんば》の川原《かわら》に向《む》かった。しかし、まさおは思《おも》うように歩《ある》いてくれず、立《た》ち止《ど》まって土手《どて》に生《は》えた草《くさ》のにおいをかいだり、散歩中《さんぽちゅう》の犬《いぬ》に飛《と》びつこうとする。松本《まつもと》はその度《たび》にエイッとリードを引《ひ》き寄《よ》せた。

「先《さき》に言《い》っておくぞ。人《ひと》が誰《だれ》でも犬猫《いぬねこ》に甘《あま》いと思《おも》うなよ。俺《おれ》からしたら、おまえはただの踏《ふ》み台《だい》だからな」

しかし、まさおは松本《まつもと》の話《はなし》を全《まった》く聞《き》かずに、来《き》た道《みち》を戻《もど》ろうとする。

「何《なん》だよ！　面倒《めんどう》くせえなっ」

松本《まつもと》はリードを引《ひ》っ張《ぱ》ってその場《ば》にしゃがむと、辻《つじ》から渡《わた》されたしつけ本《ぼん》をリュックから取《と》り出《だ》し、包装《ほうそう》のビニールを破《やぶ》り出《だ》した。すると、まさおが松本《まつもと》の横《よこ》にスッと腰《こし》を下《お》ろした。

「……言《い》うこと聞《き》けんじゃん」

機嫌《きげん》を良《よ》くした松本《まつもと》は本《ほん》をめくって読《よ》み始《はじ》めた。そのとたん、おとなしく座《すわ》っていたまさおが歩《ある》き出《だ》した。

「ちょっ！」

松本《まつもと》がリードを引《ひ》っ張《ぱ》りながら足元《あしもと》を見《み》ると、そこには立派《りっぱ》な糞《ふん》が転《ころ》がっていた。

「って、ウンコかよっ！」

まさおは松本《まつもと》の突《つ》っ込《こ》みを気《き》にも留《と》めず、のほほんとした顔《かお》で空《そら》を見《み》つめながらしっぽを振《ふ》った。


松本《まつもと》とまさおがようやくロケ現場《げんば》の川原《かわら》にたどり着《つ》くと、河原《かわはら》と水希《みずき》の他《ほか》にパピヨンを連《つ》れた主婦《しゅふ》がいた。第一回《だいいっかい》の面白《おもしろ》ペットは、このパピヨンということらしい。飼《か》い主《ぬし》がボールを投《な》げるとパピヨンが追《お》いかけ、ボールをくわえて戻《もど》って来《く》る。

「やん。可愛《かわい》い～」

パピヨンの芸を見《み》ていた水希《みずき》が顔《かお》をしわくちゃにして笑《わら》った。ビデオカメラを持《も》った河原《かわはら》はうまい棒《ぼう》をまさおに向《む》け、まさおがかじりつこうとジャンプするとうまい棒《ぼう》をヒョイと上《あ》げて遊《あそ》んでいた。

「よし。今《いま》の、まさおと競争《きょうそう》させてみるか」

「こいつに、そんなの出来《でき》るんすか？」

松本《まつもと》がリードをつかんでまさおを引《ひ》き寄《よ》せながら訊《き》くと、水希《みずき》が「これくらいできるでしょ」とあっさり言《い》った。


松本《まつもと》は主婦《しゅふ》とパピヨンの横《よこ》に、まさおと並《なら》んだ。まさおは芝生《しばふ》にお尻《しり》を下《お》ろし、やる気《き》なさげに地面《じめん》に伏《ふ》せた。

「シルビアちゃんとまさおが競争《きょうそう》しまーす！」

ビデオカメラが回《まわ》り、松本《まつもと》は張《は》り切《き》って大《おお》げさに手足《てあし》を動《うご》かしながら紹介《しょうかい》した。飼《か》い主《ぬし》がボールを投《な》げると、パピヨンが一目散《いちもくさん》に走《はし》り出《だ》した。

「シルビアちゃん行《い》った！　よしっ、まさお行《い》けー!!」

松本《まつもと》がボールを指差《ゆびさ》したが、まさおはボールには目《め》もくれず地面《じめん》に伏《ふ》せたまま動《うご》こうとしない。

「まさお！　おいっ！」

松本《まつもと》の呼《よ》びかけにも反応《はんのう》せず、まさおはおでこにシワを寄《よ》せ、二重《ふたえ》で目尻《めじり》が下《さ》がった目《め》を眠《ねむ》そうにしばしばさせた。

「えぇぇ……」

ビデオカメラを回《まわ》す河原《かわはら》の横《よこ》で、水希《みずき》はガックリと肩《かた》を落《お》とした。

何度《なんど》やってもまさおはボールを追《お》いかけようとせず、パピヨンの飼《か》い主《ぬし》もさすがに怒《おこ》り出《だ》した。

「もぉ、何度《なんど》やってもボール追《お》っかけないじゃない！　もうすぐ子《こ》どもたちが学校《がっこう》から帰《かえ》ってくるのよっ」

「すみません、もう一度《いちど》だけお願《ねが》いします」

水希《みずき》がひたすら頭《あたま》を下《さ》げていると、河原《かわはら》がポケットからうまい棒《ぼう》を取《と》り出《だ》して松本《まつもと》に渡《わた》した。

「よし。おまえ、これ持《も》ってまさおの前《まえ》を走《はし》れ」

「はあ？　俺《おれ》がボール代《が》わりってことですか？」

言《い》ってるそばから、まさおは松本《まつもと》が手《て》にしたうまい棒《ぼう》を奪《うば》おうとジャンプする。パピヨンの飼《か》い主《ぬし》を何《なん》とか説得《せっとく》した水希《みずき》が松本《まつもと》に駆《か》け寄《よ》った。

「いいから、言《い》われたとおりにやって！」

松本《まつもと》はうまい棒《ぼう》の封《ふう》を開《あ》けると、地面《じめん》に伏《ふ》せているまさおに向《む》けた。すると、まさおがピクリと顔《かお》を上《あ》げた。

「待《ま》て！　はーい、待《ま》て待《ま》て」

松本《まつもと》はうまい棒《ぼう》を見《み》せながら、後《うし》ろに下《さ》がった。まさおは大量《たいりょう》のよだれを垂《た》らしながら、うまい棒《ぼう》をじっと見《み》つめている。十五《じゅうご》メートルほど離《はな》れて、松本《まつもと》は立《た》ち止《ど》まった。

「よーい、スタート！」

水希《みずき》のかけ声《ごえ》で、パピヨンの飼《か》い主《ぬし》がボールを投《な》げた。すると今度《こんど》はパピヨンと共《とも》にまさおも駆《か》け出《だ》し、松本《まつもと》もうまい棒《ぼう》を持《も》って走《はし》り出《だ》した。河原《かわはら》のビデオカメラがまさおを追《お》う。が、まさおはあっという間《ま》に松本《まつもと》に追《お》いつき、飛《と》びかかった。

ビデオカメラには尻餅《しりもち》をついた松本《まつもと》とうまい棒《ぼう》に食《く》らいつこうとするまさおの姿《すがた》が映《うつ》っている。

「おい、カットカット！　まさおがボール追《お》いかけてる体《てい》で撮《と》ってんだよっ。おまえが映《うつ》り込《こ》んでどうすんだよ！」

河原《かわはら》からダメ出《だ》しをくらった松本《まつもと》は悔《くや》しさで顔《かお》をゆがめ、「……ふざけんなよっ」と地面《じめん》に這《は》いつくばりながらうまい棒《ぼう》をかじった。

川原《かわら》での撮影《さつえい》が終了《しゅうりょう》し、今度《こんど》は商店街《しょうてんがい》をまさおと歩《ある》くことになった。

途中《とちゅう》で果物屋《くだものや》の柴犬《しばいぬ》に遭遇《そうぐう》し、芸《げい》を見《み》せてもらうという段取《だんど》りになっている。

すでに店《みせ》の前《まえ》では店主《てんしゅ》の奥《おく》さんと柴犬《しばいぬ》がハイタッチの練習《れんしゅう》をしていて、水希《みずき》はまさおを連《つ》れた松本《まつもと》に段取《だんど》り確認《かくにん》をした。

「向《む》こうから歩《ある》いて来《き》たら、この柴犬《しばいぬ》が芸《げい》をやってくれるから、今会《いまあ》いましたって感《かん》じで挨拶《あいさつ》して。オッケイ？」

「一回通《いっかいとお》り過《す》ぎて、二度見《にどみ》とかやりましょうか？『あ、柴犬《しばいぬ》！』みたいな」

松本《まつもと》がオーバーアクション気味《ぎみ》にやってみせると、

「いい」水希《みずき》はあっさり断《ことわ》った。


「よーい、スタート！」

ビデオカメラが回《まわ》り、水希《みずき》が合図《あいず》を出《だ》した。

人《ひと》が行《い》き交《か》う商店街《しょうてんがい》の中《なか》を松本《まつもと》とまさおが歩《ある》いてくる。

「いやぁ〜ワンちゃんをWANTED《ウォンテッド》！」

松本《まつもと》は歩《ある》きながら自分《じぶん》のコンビ名《めい》を叫《さけ》んだ。果物屋《くだものや》の前《まえ》でビデオカメラを回《まわ》している河原《かわはら》が顔《かお》をしかめる。すると、まさおが突然《とつぜん》駆《か》け出《だ》して、カメラの方《ほう》にどんどん寄《よ》ってきた。

「おいおい、危《あぶ》ない！」

まさおがぐんぐんスピードを上《あ》げ、松本《まつもと》は制《せい》するどころか競《きそ》うように走《はし》ってきた。

「おい、まさお！　WANTED《ウォンテッド》！　WANTED《ウォンテッド》！」

コンビ名《めい》を連呼《れんこ》しながら、まさおの前《まえ》に無理《むり》にでも出《で》ようとする。

「松本《まつもと》さんっ！　ストップ！」

「うわぁぁぁ！」

まさおと松本《まつもと》は河原《かわはら》を巻《ま》き込《こ》んで店《みせ》の前《まえ》に置《お》かれた果物《くだもの》の台《だい》に突《つ》っ込《こ》んだ。台《だい》が真《ま》っ二《ぷた》つに折《お》れ、果物《くだもの》が路上《ろじょう》に散《ち》らばった。果物屋《くだものや》の奥《おく》さんが青《あお》ざめる。

「ちょっと、何《なに》やってるのよ！」

「すみません、全部《ぜんぶ》買《か》い取《と》りますから」

水希《みずき》は頭《あたま》を下《さ》げ、松本《まつもと》をにらみつけた。

「俺《おれ》、止《と》めたんすよ。それなのにこいつが……」

松本《まつもと》がまさおを指差《ゆびさ》すと、水希《みずき》は「小学生《しょうがくせい》みたいな嘘《うそ》をつかない！」と遮《さえぎ》った。

「今日《きょう》のギャラから差《さ》っ引《ぴ》くからねっ」

「うそぉ～ん！　ちょ、おまえ―」

松本《まつもと》が足元《あしもと》を見《み》ると、まさおが落《お》ちた果物《くだもの》を食《く》いあさっていた。

「何《なに》、おまえが食《く》ってんの？　これ、俺《おれ》のギャラで買《か》い取《と》るんだぞっ」

まさおは松本《まつもと》の文句《もんく》を気《き》にもせず、ひたすら果物《くだもの》を食《た》べ続《つづ》けた。その姿《すがた》に腹《はら》を立《た》てた松本《まつもと》は落《お》ちていたバナナをつかみ、まさおに負《ま》けじとむしゃむしゃ食《た》べた。

ロケが終《お》わり、まさおを『WAN《ワン》　NYAN《ニャン》』に戻《もど》した松本《まつもと》は、そのまま自分《じぶん》が所属《しょぞく》する芸能《げいのう》プロダクションに直行《ちょっこう》した。

「……社長《しゃちょう》。あの仕事《しごと》、もう辞《や》めたいんですけど」

いくらテレビの仕事《しごと》とはいえ、あんなバカ犬《いぬ》に振《ふ》り回《まわ》されて、おまけにディレクターたちからはむげにされ、今日一日《きょういちにち》でもうやってられないと思《おも》った。

松本《まつもと》の言葉《ことば》に黒田《くろだ》は湯飲《ゆの》みをデスクに置《お》き、松本《まつもと》をジロリと見《み》た。

「おまえなぁ。存在《そんざい》してても一円《いちえん》にもならないんだから、犬《いぬ》のおもりくらいしとけ」

そう言《い》って立《た》ち上《あ》がると、電気《でんき》ポットに向《む》かった。松本《まつもと》は壁《かべ》に飾《かざ》られたWANTED《ウォンテッド》の写真《しゃしん》を振《ふ》り返《かえ》った。

「……俺《おれ》、やっぱり芸人《げいにん》なんで、鈴木君《すずきくん》と舞台《ぶたい》で漫才《まんざい》をしたいんですよ。WANTED《ウォンテッド》!」

松本《まつもと》がポーズを決《き》めると、黒田《くろだ》はため息《いき》をつき、うとましげな目《め》を向《む》けた。

「鈴木《すずき》、アメリカに帰《かえ》ったよ。役者《やくしゃ》になるんだってよ」

「はあっ？」

「やっすいV《ブイ》シネマ一本出《いっぽんで》たくらいで、勘違《かんちが》いしちゃってよ。あ、鈴木《すずき》の荷物《にもつ》、ジャマだから捨《す》てとけよ」

松本《まつもと》は唖然《あぜん》とした。相方《あいかた》に黙《だま》って故郷《こきょう》に帰《かえ》るなんて、ありえない。十年《じゅうねん》も一緒《いっしょ》にやってきたのに、この仕打《しう》ちかよ……！

突然《とつぜん》のコンビ解消《かいしょう》に少《すく》なからずショックを受《う》けた松本《まつもと》は、しばらく呆然《ぼうぜん》と突《つ》っ立《た》っていたが、やがて仕方《しかた》なく鈴木《すずき》の荷物《にもつ》を片付《かたづ》けはじめた。すると、舞台用《ぶたいよう》の衣装《いしょう》や雑誌《ざっし》が入《はい》った段《だん》ボール箱《ばこ》から、一枚《いちまい》のDVD《ディーブイディー》が出《で》てきた。

「……ん？」

ジャケットの裏面《うらめん》に写《うつ》っているラブラドール・レトリーバーを見《み》た松本《まつもと》は、DVD《ディーブイディー》を手《て》に取《と》って凝視《ぎょうし》した。

この二重《ふたえ》でたれ目《め》、おまけにちょっぴり顔《かお》が大《おお》きめのラブラドールには見覚《みおぼ》えがある。

「……まさおじゃねえか？」

松本《まつもと》はひっくり返《かえ》してジャケットを見《み》た。そこには刑事《けいじ》に扮《ふん》した鈴木《すずき》がまさおを連《つ》れ、スマートフォンを片手《かたて》に持《も》っていた。『スマホ刑事《けいじ》Ⅱ《ツー》　主演《しゅえん》／トム・鈴木《すずき》』と書《か》かれている。

「トムって、トム・クルーズじゃなくておまえかよっ！」

松本《まつもと》は思《おも》わずＤＶＤ《ディーブイディー》に突《つ》っ込《こ》んだ。

3.

仕事《しごと》を終《お》えた里美《さとみ》が自宅《じたく》マンションに帰《かえ》ってくると、段《だん》ボール箱《ばこ》を抱《かか》えた小太《こぶと》りの男《おとこ》がドアの前《まえ》に立《た》っていた。

「お兄《にい》ちゃん」

里美《さとみ》の声《こえ》に兄《あに》の真一《しんいち》が振《ふ》り返《かえ》る。「おぉ」

「どうしたの？」

突然《とつぜん》の来訪《らいほう》に里美《さとみ》は驚《おどろ》きながらも、ドアを開《あ》けて真一《しんいち》を部屋《へや》に入《い》れた。

里美《さとみ》がお茶《ちゃ》を入《い》れていると、真一《しんいち》はソファに座《すわ》り、テーブルに置《お》いた段《だん》ボール箱《ばこ》から椎茸《しいたけ》エキスや椎茸美容液《しいたけびようえき》の瓶《びん》を取《と》り出《だ》して並《なら》べた。

「『シイタケ王子《おうじ》』に『シイタケの奇跡《きせき》』『シイタケの恵《めぐ》み』……ウチの商品《しょうひん》、美容《びよう》にもいいからおまえの友達《ともだち》にも勧《すす》めてやれよ」

「そんな話《はなし》、しにきたわけじゃないでしょ」

里美《さとみ》はマグカップをテーブルに置《お》くとキッチンに戻《もど》った。商品《しょうひん》を手《て》にした真一《しんいち》がフウ……ッとため息《いき》をつく。

「親父《おやじ》がまた検査《けんさ》に行《い》ってきた。お袋《ふくろ》もそれで、ずいぶんまいっててな」

里美《さとみ》は黙《だま》って真一《しんいち》が持《も》ってきたロールケーキを切《き》り分《わ》けた。

「おまえ、そろそろ見合《みあ》いでもして、『ホテル須永《すなが》』を継《つ》いでくれよ」

「お兄《にい》ちゃんが継《つ》げばいいでしょ。はい」

里美《さとみ》が皿《さら》に乗《の》せたロールケーキをテーブルに置《お》くと、真一《しんいち》は持《も》っていた『シイタケの恵《めぐ》み』の瓶《びん》を里美《さとみ》に見《み》せた。

「俺《おれ》は自分《じぶん》の会社《かいしゃ》で手一杯《ていっぱい》なんだよ。おまえが帰《かえ》ってくれれば済《す》む話《はなし》だ」

「……秀《ひで》くんはどうするの？」

里美《さとみ》は棚《たな》に飾《かざ》った写真立《しゃしんた》てをチラリと見《み》た。行《い》きつけのお好《この》み焼《や》き屋《や》で松本《まつもと》と一緒《いっしょ》に撮《と》った写真《しゃしん》だ。真一《しんいち》もその写真《しゃしん》をうとましげに見《み》つめる。

「いつまで経《た》ってもあんなのモノにならねえだろ。冗談《じょうだん》じゃねえ。おまえももう三十《さんじゅう》だろ」

そう言《い》うと、真一《しんいち》はバッグからお見合《みあ》い写真《しゃしん》を取《と》り出《だ》した。

「みんな家柄《いえがら》も人柄《ひとがら》も申《もう》し分《ぶん》ない。あんなのと一緒《いっしょ》にいて、何《なに》か未来《みらい》あんのか？　ずっとそばにいてくれるって、甘《あま》えてんだ。おまえのことなんて二《に》の次《つぎ》にしか考《かんが》えてねえ」

お見合《みあ》い写真《しゃしん》を押《お》し付《つ》けられた里美《さとみ》は、何《なに》も言《い》い返《かえ》せなかった。真一《しんいち》が言《い》っていることとは、自分《じぶん》も心《こころ》のどこかで感《かん》じていたことだ。

「気《き》づいたときにはおまえの人生《じんせい》、台無《だいな》しになってるぞ」

真一《しんいち》はそう言《い》うと、コーヒーをすすった。里美《さとみ》はうつむき、手元《てもと》のお見合《みあ》い写真《しゃしん》を見《み》つめた。

東京《とうきょう》タウンテレビの編集室《へんしゅうしつ》では、河原《かわはら》が撮影《さつえい》したビデオの編集作業《へんしゅうさぎょう》が行《おこな》われていた。

編集《へんしゅう》マンの野崎《のざき》をはさんで河原《かわはら》と水希《みずき》が座《すわ》り、目《め》の前《まえ》のモニターに映《うつ》し出《だ》された映像《えいぞう》をチェックする。

『えー私《わたし》、松本秀樹《まつもとひでき》が、あなたのワンちゃんをWANTED《ウォンテッド》します！WANTED《ウォンテッド》！』

商店街《しょうてんがい》を歩《ある》いている松本《まつもと》は無意味《むいみ》に自分《じぶん》のコンビ名《めい》を連呼《れんこ》したり持《も》ちネタを披露《ひろう》して、完全《かんぜん》に空回《からまわ》りしていた。さらに、ペットが芸《げい》を披露《ひろう》してもまさおは見向《みむ》きもせず、大《おお》あくびをしている。

あまりにもつまらない映像《えいぞう》に水希《みずき》と河原《かわはら》は声《こえ》も出《で》ず、口《くち》をぽかんと開《あ》けていた。野崎《のざき》が冷《さ》めた顔《かお》で映像《えいぞう》を止《と》める。

「これにまさおの声《こえ》を乗《の》っける感《かん》じにしかならないですよ」

「……しょうがないですね」

水希《みずき》が言《い》い、河原《かわはら》も諦《あきら》めたように椅子《いす》にもたれた。ため息《いき》をついてふと別《べつ》のモニターを見《み》ると――まさおが落《お》ちた果物《くだもの》を食《く》いあさっている映像《えいぞう》が流《なが》れていた。

食《た》べ終《お》えたまさおは地《じ》べたに座《すわ》ってバナナを食《た》べている松本《まつもと》に乗《の》りかかり、腰《こし》を振《ふ》りはじめる。

その映像《えいぞう》を見《み》た河原《かわはら》は思《おも》わずプッと吹《ふ》き出《だ》した。

「どうしたんですか？」

水希《みずき》が怪訝《けげん》そうに河原《かわはら》とモニターを見《み》た。

「いや、こんなの撮《と》ってたなぁと思《おも》って。使《つか》えねえかな」

モニターにはまさおと松本《まつもと》が落《お》ちた果物《くだもの》に顔《かお》を近《ちか》づけて奪《うば》い合《あ》うように食《た》べている姿《すがた》が映《うつ》っていて、水希《みずき》は顔《かお》をしかめた。

「これはさすがにまずいですよ」

「……よし、決《き》めた！　ザキちゃん、初《はじ》めっから繋《つな》ぎ直《なお》そう」

河原《かわはら》は水希《みずき》の意見《いけん》を聞《き》き入《い》れず、野崎《のざき》と編集作業《へんしゅうさぎょう》を始《はじ》めた。

「この辺《あた》り、使《つか》うから」

と河原《かわはら》が指差《ゆびさ》した映像《えいぞう》はまさおが松本《まつもと》にマウンティングしている姿《すがた》で、水希《みずき》は絶句《ぜっく》した。

ラブラドールの愛《あい》くるしさで癒《いや》される番組《ばんぐみ》なのに、これでは趣旨《しゅし》がまるで変《か》わってしまう……！

そんな水希《みずき》に構《かま》わず、河原《かわはら》はまさおのハプニング映像《えいぞう》ばかりを集《あつ》めて繋《つな》ぎ直《なお》した。


数日後《すうじつご》。〈まさお君《くん》が行《い》く！〉の第一回目《だいいっかいめ》が放送《ほうそう》された。

松本《まつもと》もアパートの小《ちい》さなテレビで放送《ほうそう》を見《み》ていたが、松本《まつもと》のネタは見事《みごと》に全《すべ》てカットされ、まさおに引《ひ》きずられているところなどのハプニングシーンばかりが映《うつ》っていた。まさおがうまい棒《ぼう》を目《め》がけて走《はし》り、果物屋《くだものや》に激突《げきとつ》して大暴《おおあば》れして、落《お》ちた果物《くだもの》を食《く》いあさる。本能《ほんのう》のままに動《うご》き回《まわ》るまさおがクローズアップされ、松本《まつもと》はほとんど映《うつ》っていなかった。

松本《まつもと》が不機嫌《ふきげん》そうにテレビ画面《がめん》を見《み》つめていると、携帯《けいたい》が鳴《な》った。実家《じっか》の祖母《そぼ》からだ。

通話《つうわ》ボタンを押《お》したとたん、祖母《そぼ》の笑《わら》い声《ごえ》が聞《き》こえてきた。

『今《いま》、テレビ見《み》てるよ。うちの孫《まご》がテレビに出《で》るから見《み》てねえってみんなに言《い》っといた。この犬《いぬ》おっもしろいねぇ！』

そう言《い》うと、また笑《わら》い転《ころ》げた。近《ちか》くで父《ちち》の祐三《ゆうぞう》もテレビを見《み》ているらしく、

『犬《いぬ》っころが笑《わら》われてるだけで、秀《ひで》なんていなくても同《おな》じだ』

と不機嫌《ふきげん》そうにつぶやく。

椎茸《しいたけ》を栽培《さいばい》している祐三《ゆうぞう》は昔《むかし》から芸人《げいにん》の仕事《しごと》を毛嫌《けぎら》いしていて、今回《こんかい》の仕事《しごと》もどうやら認《みと》めてくれないらしい。

「まだまだ俺《おれ》の実力《じつりょく》出《だ》し切《き》れてないね。時間《じかん》の問題《もんだい》だけど。実力《じつりょく》、見《み》えてきちゃうよ。隠《かく》し切《き》れない。そうそう、テレビって隠《かく》せないの」

大見得《おおみえ》を切《き》った松本《まつもと》は祖母《そぼ》の言葉《ことば》に適当《てきとう》に相槌《あいづち》を打《う》つと、早々《そうそう》に電話《でんわ》を切《き》った。

里美《さとみ》がキッチンで焼《や》いた椎茸《しいたけ》を皿《さら》に乗《の》せて持《も》ってきて、松本《まつもと》のグラスにビールを注《そそ》ぐ。

「テレビの中《なか》に秀君《ひでくん》がいるって、ちょっと嬉《うれ》しいね」

「いるだけで何《なに》もしてないけどね」

松本《まつもと》はぼそりとつぶやいて、ビールを一気《いっき》に飲《の》み干《ほ》した。

「まだうまく絡《から》めてないだけじゃない？」

「だって、すごいバカ犬《いぬ》なんだよ？　どうやって絡《から》めっていうわけ？」

松本《まつもと》が天《てん》を仰《あお》いで嘆《なげ》くと、ドアをノックする音《おと》が聞《き》こえた。

「松本《まつもと》さん。さっきからすげえ煙《けむり》出《で》てっけど、大丈夫《だいじょうぶ》？」

隣《となり》の住人《じゅうにん》が心配《しんぱい》して声《こえ》をかけてきた。

「椎茸焼《しいたけや》いてますけど、何《なに》か？」

「あ、そう」

住人《じゅうにん》は納得《なっとく》したようで、部屋《へや》に戻《もど》っていった。

「張《は》り紙忘《がみわす》れてたね」

里美《さとみ》は慌《あわ》てて立《た》ち上《あ》がり、柱《はしら》に掛《か》けられたネタ帳《ちょう》を取《と》った。パラパラとめくると、全《すべ》て白紙《はくし》で何《なに》も書《か》かれていなかった。

「……もうネタ書《か》いてないんだね」

「だって一人《ひとり》じゃ漫才《まんざい》できない」

松本《まつもと》が椎茸《しいたけ》を食《た》べながら不満《ふまん》そうに答《こた》えると、里美《さとみ》は「そうだったね。鈴木君《すずきくん》、帰《かえ》っちゃったんだよね」とネタ帳《ちょう》に『椎茸《しいたけ》、焼《や》いてます』と書《か》いてドアに貼《は》った。

里美《さとみ》が部屋《へや》に戻《もど》ると、松本《まつもと》は腕《うで》を組《く》んで瞑想《めいそう》をしていた。その姿《すがた》を見《み》たら、ふいに真《しん》一《いち》の言葉《ことば》が頭《あたま》をよぎった。

『あんなのと一緒《いっしょ》にいて、何《なに》か未来《みらい》あんのか？』

「……ねえ、秀君《ひでくん》」

「何《なに》？」

「あたしがいなくなることとか……考《かんが》えたりする？」

里美《さとみ》が思《おも》い切《き》って尋《たず》ねると、目《め》を閉《と》じていた松本《まつもと》は眉間《みけん》にしわを寄《よ》せた。

「今《いま》はそれよりも、あのバカ犬《いぬ》の前《まえ》にどう出《で》るかだよ。あいつ図々《ずうずう》しいし、言《い》うこと聞《き》かねえし……」

松本《まつもと》の言葉《ことば》を聞《き》いた里美《さとみ》はドアにもたれ、小《ちい》さく息《いき》をついた。

「……何《なに》も変《か》わらない、か」

自分《じぶん》がいなくなっても、松本《まつもと》にとっては何《なに》も変《か》わらないのかもしれない。真一《しんいち》が言《い》ったとおり、松本《まつもと》の頭《あたま》の中《なか》は仕事《しごと》のことばかりで、彼女《かのじょ》のことは二《に》の次《つぎ》なのだ。

昔《むかし》はそれでも構《かま》わないと思《おも》った。夢《ゆめ》を追《お》いかけている松本《まつもと》に頑張《がんば》ってほしいと心《こころ》から願《ねが》っていた。でも……もう十年《じゅうねん》。十年《じゅうねん》も経《た》つのだ。


〈まさお君《くん》が行《い》く！〉の放送直後《ほうそうちょくご》から、東京《とうきょう》タウンテレビのスタッフルームにはファックスが続々《ぞくぞく》と届《とど》きはじめた。

『テレビだからって調子《ちょうし》に乗《の》るな！　ペットのイメージを悪《わる》くするような番組《ばんぐみ》はやめろ』

『こんな番組《ばんぐみ》、教育上良《きょういくじょうよ》くないんじゃないでしょうか!?』

『子《こ》どもたちに悪《わる》い影響《えいきょう》があるという印象《いんしょう》しかありません。食《た》べ物《もの》を粗末《そまつ》にしすぎです』

ファックスに書《か》かれたものはどれも批判的《ひはんてき》で、水希《みずき》は苦情電話《くじょうでんわ》の対応《たいおう》に追《お》われていた。

「動物《どうぶつ》の自由《じゆう》な姿《すがた》を見《み》ていただこうかと思《おも》いまして……いえ、そんなふざけているわけでは……はい、申《もう》し訳《わけ》ございません」

電話《でんわ》に向《む》かって何度《なんど》も頭《あたま》を下《さ》げてようやく切《き》ると、水希《みずき》はソファでのん気《き》に競馬新聞《けいばしんぶん》を読《よ》んでいる河原《かわはら》の元《もと》に歩《あゆ》み寄《よ》った。

「だから番組《ばんぐみ》の趣旨《しゅし》を変《か》えちゃまずいって言《い》ったじゃないですか！」

河原《かわはら》は競馬新聞《けいばしんぶん》から顔《かお》を上《あ》げ、ファックス機《き》に目《め》をやった。

「おお！　さっそく来《き》たねえ」と立《た》ち上《あ》がり、続々《ぞくぞく》と届《とど》く投書《とうしょ》を取《と》り上《あ》げる。

「これなんかすごいですよ。『時間返《じかんかえ》せ』だって」

隣《となり》に並《なら》んだ水希《みずき》が投書《とうしょ》を見《み》せると、河原《かわはら》はハハッと楽《たの》しそうに笑《わら》った。

「反応《はんのう》があるってことは、何《なに》かしらの感情《かんじょう》を揺《ゆ》さぶったってことだよ」

「何《なに》かしらじゃないですよ。怒《いか》りですよ、怒《いか》り！」

水希《みずき》が能天気《のうてんき》な河原《かわはら》に腹《はら》を立《た》てていると、河原《かわはら》はソファに戻《もど》ってまた競馬新聞《けいばしんぶん》を読《よ》み始《はじ》めた。水希《みずき》は再《ふたた》び投書《とうしょ》に目《め》をやり、大《おお》きなため息《いき》をついた。


数日後《すうじつご》の明《あ》け方《がた》。

松本《まつもと》はロケ撮影《さつえい》のため『WAN NYAN《ワンニャン》』にまさおを迎《むか》えに行《い》った。薄暗《うすぐら》い犬舎《けんしゃ》ではまだほとんどの犬《いぬ》がケージの中《なか》で眠《ねむ》っていて、松本《まつもと》も大《おお》あくびした。

「あ、この間《あいだ》の放送見《ほうそうみ》たよ」

ケージからまさおを出《だ》した辻《つじ》が言《い》うと、松本《まつもと》は「……あざーす」と力《ちから》のない返事《へんじ》をした。辻《つじ》が「おいっ」とリードを渡《わた》す。

「まさおにマウントされてたね」

「俺《おれ》のこと気《き》に入《い》っててんじゃないっすか。こっちはそうでもないけど」

「あれね、ジャレてるんじゃなくて、君《きみ》のことを下《した》に見《み》てる証拠《しょうこ》だからね」

「はあ？」

松本《まつもと》が驚《おどろ》いていると、まさおは無邪気《むじゃき》にワンッと吠《ほ》えた。

「ウチで最低《さいてい》ランクの犬《いぬ》に舐《な》められちゃうって。ねえ」

辻《つじ》は笑《わら》いをこらえながら犬舎《けんしゃ》を出《で》て行《い》った。

「何《なん》だって……？」

松本《まつもと》がまさおをにらみつけると、まさおは松本《まつもと》を見上《みあ》げて不思議《ふしぎ》そうに首《くび》を傾《かし》げた。


松本《まつもと》とまさおを乗《の》せたロケバンは、埼玉県《さいたまけん》の長瀞町《ながとろまち》に向《む》かった。

今日《きょう》は秩父長瀞《ちちぶながとろ》の荒川《あらかわ》ラインくだりのマスコット犬《けん》と対面《たいめん》し、川下《かわくだ》りを体験《たいけん》することになっていた。

水希《みずき》が観光協会《かんこうきょうかい》の会長《かいちょう》や船頭《せんどう》さんと段取《だんど》り確認《かくにん》をすると、河原《かわはら》がビデオカメラを回《まわ》して本番《ほんばん》が始《はじ》まった。

「いやぁ、天気《てんき》がいいです！」

まさおを連《つ》れた松本《まつもと》は石畳《いしだたみ》の階段《かいだん》を降《お》りながら両手《りょうて》を広《ひろ》げ、

「おっ、いたいた！　あれじゃないのか？」

と船着《ふなつ》き場《ば》にいた犬《いぬ》を指差《ゆびさ》した。犬《いぬ》を見《み》つけたまさおが走《はし》り出《だ》そうとしたが、松本《まつもと》はリードを引《ひ》っ張《ぱ》って阻止《そし》した。

「川下《かわくだ》りのマスコット犬《けん》が……おい、まさお！」

松本《まつもと》がレポートする間《あいだ》もまさおは本能《ほんのう》のおもむくまま動《うご》き回《まわ》り、松本《まつもと》は両手《りょうて》でリードを握《にぎ》りしめ、両足《りょうあし》を踏《ふ》ん張《ば》った。

「カットカットカット！」

河原《かわはら》がビデオカメラを止《と》めて叫《さけ》んだ。「水希《みずき》！　何《なん》とかしろ！」

水希《みずき》はうんざりした顔《かお》で松本《まつもと》に駆《か》け寄《よ》った。

「まさおに自由《じゆう》にやらせていいから」

「え？　そしたらこいつ、めちゃくちゃやりますよ!?」

松本《まつもと》が指差《ゆびさ》すと、まさおはそのとおりと言《い》わんばかりにワンッと吠《ほ》えた。

「……河原《かわはら》さんがそう言《い》ってるから。よろしく」

水希《みずき》は不本意《ふほんい》そうに低《ひく》い声《こえ》で言《い》うと、河原《かわはら》の元《もと》に戻《もど》っていった。


船着《ふなつ》き場《ば》での撮影《さつえい》を何《なん》とか終《お》え、今度《こんど》は川下《かわくだ》りの船《ふね》に乗《の》った。

救命胴衣《きゅうめいどうい》を着用《ちゃくよう》した松本《まつもと》とまさおは三度笠《さんどがさ》にはっぴ姿《すがた》の観光協会《かんこうきょうかい》の会長《かいちょう》らと船《ふね》に乗《の》り、河原《かわはら》と水希《みずき》は別《べつ》の船《ふね》から松本《まつもと》たちの姿《すがた》を撮《と》りはじめた。

「きれいですね～」

岩畳《いわだたみ》が続《つづ》く荒川《あらかわ》の美《うつく》しい渓谷《けいこく》を松本《まつもと》が眺《なが》めると、観光協会《かんこうきょうかい》の会長《かいちょう》はまさおをなでながら満足《まんぞく》そうにうなずいた。

「でしょう？　やっぱり今《いま》の時期《じき》がここは最高《さいこう》です」

「水《みず》がきれいです！　ここ、深《ふか》いですね」

「けっこう深《ふか》いんですよ。流《なが》れはゆったりしてるけど、一番深《いちばんふか》いところは三《さん》メートル以《い》上《じょう》ありますから」

「三《さん》メートル！　これは落《お》ちたら大変《たいへん》です！」

松本《まつもと》は嬉《うれ》しそうにカメラに向《む》かって叫《さけ》んだ。

実《じつ》は船《ふね》に乗《の》る前《まえ》から、自《みずか》ら川《かわ》に落《お》ちて笑《わら》いを取《と》ろうと目論《もくろ》んでいたのだ。

松本《まつもと》が落《お》ちるタイミングを見計《みはか》らっていると、会長《かいちょう》の三度笠《さんどがさ》が気《き》になっていたまさおが、会長《かいちょう》に飛《と》びついた。三度笠《さんどがさ》を取《と》ろうとじゃれつき、会長《かいちょう》の耳《みみ》を舐《な》める。

「やめてっ。耳《みみ》はダメ。耳《みみ》は……！」

会長《かいちょう》がくすぐったそうに身《み》をよじらせると、松本《まつもと》はここがチャンスだとまさおに抱《だ》きついた。

「まさお〜！　おまえは男《おとこ》でもいいのか!?　まさお！」

とまさおを会長《かいちょう》から引《ひ》きはがそうとしてわざと足《あし》を滑《すべ》らせ、「わぁ〜！」と背中《せなか》から川《かわ》に落《お》ちた。

「わぁ〜！　わわぁ〜！」

松本《まつもと》はわざとらしく両手《りょうて》をばたつかせて溺《おぼ》れているフリをした。しかし、河原《かわはら》は怪訝《けげん》そうに見《み》るだけで、肝心《かんじん》のビデオカメラは松本《まつもと》に向《む》けられていなかった。

「河《かわ》さん、カメラこっちこっち！　せっかく落《お》っこちたんだから、こっち撮《と》って！」

松本《まつもと》は河原《かわはら》に向《む》かって手《て》を振《ふ》ったが、船《ふね》はどんどん離《はな》れていく。

会長《かいちょう》や船頭《せんどう》がしらけた目《め》をする中《なか》、まさおはきょとんとした顔《かお》で松本《まつもと》を見《み》ていた。


「もぉ！　松本《まつもと》さん、笑《わら》い取《と》ろうとしなくていいからっ！」

船下《ふなくだ》り終点場《しゅうてんば》の茶店《ちゃみせ》の前《まえ》で松本《まつもと》が体《からだ》を拭《ふ》いていると、まさおを連《つ》れてきた水希《みずき》が声《こえ》を荒《あら》らげた。

「……そんなん言《い》われても、俺《おれ》、芸人《げいにん》だし」

「これは動物番組《どうぶつばんぐみ》なの！　主役《しゅやく》はあくまでも動物《どうぶつ》。みんな、松本《まつもと》さんを見《み》たいわけじゃないの！」

水希《みずき》の言葉《ことば》に松本《まつもと》は肩《かた》を落《お》とし、電話口《でんわぐち》で祐三《ゆうぞう》に言《い》われたことを思《おも》い出《だ》した。

『犬《いぬ》っころが笑《わら》われてるだけで、秀《ひで》なんて居《い》なくても同《おな》じだ』

まさにそのとおりだった。

笑《わら》いを取《と》る犬《いぬ》にただついて回《まわ》るだけなんて、芸人《げいにん》としてなさけない。

(俺《おれ》は犬以下《いぬいか》かよ……)

松本《まつもと》が落《お》ち込《こ》んでいると、まさおがなぐさめるようにまとわりついてきた。

「……何《なん》だよ。犬《いぬ》のくせに同情《どうじょう》してんのかよ」

とまさおの首《くび》に手《て》を回《まわ》したとたん、松本《まつもと》の体《からだ》に乗《の》りかかってマウントしてきた。

「おい！　やらせるかよっ！　犬《いぬ》のくせに人間《にんげん》をなめんなよっ」

松本《まつもと》はまさおの体《からだ》を抱《かか》え込《こ》んで地面《じめん》に寝転《ねころ》んだ。まさおは松本《まつもと》の腕《うで》から逃《のが》れようと身《み》をよじらせ、再《ふたた》びまたがろうとして松本《まつもと》の股間《こかん》に乗《の》った。

「あいた！　そこはダメだろぉ……！」

松本《まつもと》とまさおの攻防戦《こうぼうせん》を水希《みずき》があきれた顔《かお》で見《み》ていると、縁台《えんだい》で競馬新聞《けいばしんぶん》を広《ひろ》げていた河原《かわはら》が楽《たの》しげに笑《わら》った。

「あの感《かん》じなんだよな。撮《と》ってて面白《おもしろ》いのは」

「番組《ばんぐみ》の趣旨《しゅし》、違《ちが》いますからね」

水希《みずき》がチクリと言《い》うと、河原《かわはら》は「……固《かた》いなぁ、おまえ」とせせら笑《わら》い、再《ふたた》び競馬新《けいばしん》聞《ぶん》を眺《なが》めた。

撮影《さつえい》を終《お》えて都内《となない》に戻《もど》るころには深夜《しんや》になっていて、水希《みずき》はロケバスを運転《うんてん》しながら車内《しゃない》の時計《とけい》をチラリと見《み》た。

「河原《かわはら》さん。『WAN《ワン》　NYAN《ニャン》』もう閉《し》まってますよ。まさお、どうします？」

助手席《じょしゅせき》で寝《ね》ていた河原《かわはら》は目《め》をこすりながら「うーん」と考《かんが》えた。

「松本《まつもと》ん家《ち》でいいんじゃねえか」

「……だってさ。松本《まつもと》さん、大丈夫《だいじょうぶ》？」

水希《みずき》がバックミラーで後部座席《こうぶざせき》を見《み》ながら声《こえ》をかけると、松本《まつもと》は目《め》を開《あ》けた。いつのまにか松本《まつもと》の膝《ひざ》にまさおが顔《かお》を乗《の》せて眠《ねむ》っている。

「……ムリムリムリ、無理《むり》っすよ。ウチのアパート、ペット不可《ふか》だし」

松本《まつもと》が答《こた》えながらまさおをどかしたが、すぐにすり寄《よ》ってきて再《ふたた》び目《め》を閉《と》じた。


ようやくアパートに戻《もど》った松本《まつもと》は、まさおを連《つ》れて忍《しの》び足《あし》で薄暗《うすぐら》い廊下《ろうか》を歩《ある》いた。まさおの爪《つめ》の音《おと》がカチャカチャと響《ひび》いて、松本《まつもと》は慌《あわ》ててまさおを抱《かか》え上《あ》げ、自分《じぶん》の部屋《へや》に逃《に》げ込《こ》んだ。

リュックからまさおの水入《みずい》れを取《と》り出《だ》し、水道水《すいどうすい》を入《い》れると、まさおの前《まえ》に置《お》く。

「これ飲《の》んだら、さっさと寝《ね》ろよ」

まさおがワンッと吠《ほ》え、松本《まつもと》は慌《あわ》てて口《くち》をふさいだ。

「返事《へんじ》はいらない。シーッだ」

人差《ひとさ》し指《ゆび》を口《くち》に当《あ》てた松本《まつもと》が手《て》を離《はな》すと、まさおはすごい勢《いきお》いで水《みず》を飲《の》み始《はじ》めた。

松本《まつもと》は電気《でんき》を消《け》して布団《ふとん》に入《はい》り、目《め》をつぶった。横《よこ》になったとたん、疲《つか》れがどっと押《お》し寄《よ》せてくる。

「……はぁ。今日《きょう》のロケ、しんどかったなぁ」

松本《まつもと》がぽつりとつぶやくと、まさおがワンッと吠《ほ》えた。ムクリと起《お》き上《あ》がって人差《ひとさ》し指《ゆび》を口《くち》に当《あ》てる。

「おまえとは話《はな》してないから」

布団《ふとん》にくるまって寝《ね》ようとすると、テレビの横《よこ》のフランス人形《にんぎょう》が音《おと》を奏《かな》でて回《まわ》り出《だ》した。まさおがウ～ッと歯《は》をむきだし、威嚇《いかく》するようにワンワン吠《ほ》え出《だ》す。

「バカっ、吠《ほ》えるな。シーッ！」

松本《まつもと》が跳《は》ね起《お》きて小声《こごえ》で注意《ちゅうい》すると、まさおは布団《ふとん》を横切《よこぎ》ってフランス人形《にんぎょう》をくわえた。

「おい！　それは敵《てき》じゃねえぞっ」

　まさおは松本《まつもと》の腕《うで》をすり抜《ぬ》け、部屋《へや》のドアに体当《たいあ》たりした。ドアがドカンとはずれ、人形《にんぎょう》をくわえたまさおが廊下《ろうか》に飛《と》び出《だ》す。追《お》いかけようとした松本《まつもと》がドアに足《あし》をひっかけ、「いてーっ！」と廊下《ろうか》でのたうち回《まわ》った。松本《まつもと》の声《こえ》に驚《おどろ》いた隣《となり》の住人《じゅうにん》が部屋《へや》から顔《かお》を出《だ》してくる。

「松本《まつもと》さん、どうしたの？」

「まさお！　まさお、まさおー！」

　松本《まつもと》は転《ころ》げながら廊下《ろうか》を見渡《みわた》した。しかし、まさおの姿《すがた》がどこにもない。そのとき、二《に》階《かい》からワーッと叫《さけ》ぶ声《こえ》が聞《き》こえてきた。

「まさおー！」

　松本《まつもと》は慌《あわ》てて立《た》ち上《あ》がって階段《かいだん》を上《のぼ》った。

　すると二階《にかい》の住人《じゅうにん》が悲鳴《ひめい》を上《あ》げながらドタドタと下《お》りてきて、松本《まつもと》たちは階段《かいだん》から転《ころ》げ落《お》ちて将棋倒《しょうぎだお》しになった。

「あいたた……」

「痛《いた》い痛《いた》い！」

階段《かいだん》を下《お》りてきたまさおは松本《まつもと》たちの間《あいだ》をすり抜《ぬ》け、玄関《げんかん》に向《む》かった。そこに仕事《しごと》から帰《かえ》ってきた住人《じゅうにん》が玄関《げんかん》のドアを開《あ》けて入《はい》ってきて、まさおは勢《いきお》いよく外《そと》に飛《と》び出《だ》した。

「まさおーっ！」

松本《まつもと》も住人《じゅうにん》を押《お》しのけ、玄関《げんかん》を飛《と》び出《だ》した。


松本《まつもと》はまさおを捜《さが》して夜《よる》の町《まち》を駆《か》け回《まわ》り、ようやく神社《じんじゃ》の境内《けいだい》で見《み》つけた。まさおからフランス人形《にんぎょう》を奪《うば》い返《かえ》し、拝殿《はいでん》の前《まえ》に座《すわ》って疲《つか》れた体《からだ》を休《やす》める。まさおは松本《まつもと》から少《すこ》し離《はな》れたところに座《すわ》り、松本《まつもと》をじっと見《み》つめた。

「……何《なに》、見《み》てんだよ。おまえのせいでアパート戻《もど》れなくなっちゃったじゃねえかよ」

松本《まつもと》がにらみつけると、まさおはしっぽを振《ふ》りながらてくてくとそばに寄《よ》ってきて、腰《こし》を落《お》とした。

全《まった》く反省《はんせい》の色《いろ》が見《み》えないまさおに、松本《まつもと》はやれやれとため息《いき》をついた。とりあえず人《にん》形《ぎょう》が食《く》いちぎられてなくてよかった。

「……これ、ボロボロだろ」

松本《まつもと》はフランス人形《にんぎょう》をやさしくなでて、まさおに見《み》せた。まさおが近寄《ちかよ》って、フランス人形《にんぎょう》の匂《にお》いをクンクン嗅《か》ぐ。

「母《かあ》ちゃんの形見《かたみ》。東京《とうきょう》出《で》るときに、頑張《がんば》って来《こ》いってばあちゃんが持《も》たせてくれたのよ」

松本《まつもと》が言《い》うと、まさおはクウンと小《ちい》さく鳴《な》いた。

「母《かあ》ちゃんは体弱《からだよわ》かったけど、俺《おれ》がバカやると、いつも笑《わら》ってくれてさ。そんときだけは、病気《びょうき》のことも忘《わす》れられてな。もぉ勉強《べんきょう》なんてそっちのけで、何《なに》したら面白《おもしろ》いかってことばっかり考《かんが》えてたよ」

まさおは吠《ほ》えたりせず、話《はなし》を静《しず》かに聞《き》いているかのように、松本《まつもと》の顔《かお》をじっと見上《みあ》げていた。松本《まつもと》がフウ…ッと息《いき》をつく。

「……って、犬《いぬ》になんか話《はな》しても無駄《むだ》か」

すると、まさおがフランス人形《にんぎょう》にふっと手《て》を乗《の》せた。

「おまえ、わかってくれてんのか？」

松本《まつもと》がまさかと目《め》を見張《みは》ると、まさおは人形《にんぎょう》の髪《かみ》の毛《け》をガリッと引《ひ》っかいた。人形《にんぎょう》のカツラが落《お》ち、つるっとした頭《あたま》があらわになる。

松本《まつもと》は肩《かた》をぷるぷる震《ふる》わせて唸《うな》った。

「おまえはやっぱり好《す》きになれねぇ……！」

カツラを拾《ひろ》って人形《にんぎょう》の頭《あたま》にかぶせる松本《まつもと》を見《み》て、まさおは楽《たの》しそうにワンッと吠《ほ》えた。

4.

里美《さとみ》とお好《この》み焼《や》き屋《や》で待《ま》ち合《あ》わせをしていた松本《まつもと》は、先《さき》に来《き》て一人《ひとり》でお好《この》み焼《や》きを焼《や》いていた。するとしばらくして仕事帰《しごとがえ》りの里美《さとみ》が現《あらわ》れた。

「お疲《つか》れ。今《いま》、外《そと》カリ中《なか》フワに焼《や》けて……って、どした？」

いつもなら「おいしそ〜！」と顔《かお》をほころばせる里美《さとみ》だが、今日《きょう》は覇気《はき》のない表情《ひょうじょう》で座敷《ざしき》に上《あ》がってきた。松本《まつもと》が尋《たず》ねると里美《さとみ》は疲《つか》れたように微笑《ほほえ》み、座布団《ざぶとん》の上《うえ》に座《すわ》った。

「何《なに》よ、何《なに》よ」

「……ジュージューうるさいね」

里美《さとみ》はテーブルの横《よこ》についたガスのつまみをひねって火《ひ》を消《け》した。

「ちょっ、何《なに》してんの」

「……少《すこ》し話《はな》したいの」

里美《さとみ》の深刻《しんこく》な表情《ひょうじょう》を見《み》て、松本《まつもと》は持《も》っていたコテを鉄板《てっぱん》の上《うえ》に置《お》いた。向《む》かい合《あ》った里美《さとみ》は背筋《せすじ》をのばして正座《せいざ》しなおすと、松本《まつもと》をまっすぐ見《み》つめた。

「……実家《じっか》にね、帰《かえ》って来《こ》いって言《い》われてる。婿養子《むこようし》もらって、ホテル継《つ》いでくれって」

「真《しん》ちゃんがいるでしょ。あいつ、絶対《ぜったい》はっぴとか似合《にあ》うわ」

松本《まつもと》が笑《わら》うと、里美《さとみ》は「冗談《じょうだん》で話《はな》してるんじゃないの」と眉《まゆ》を上《あ》げた。

「……正直《しょうじき》、良《よ》い機会《きかい》だと思《おも》ってる」

しぼり出《だ》すようにつぶやくと、里美《さとみ》はうつむいた。松本《まつもと》はあぐらをかき直《なお》し、身《み》を乗《の》り出《だ》した。

「……それってあれですか。俺《おれ》たち、そろそろ……やばい？」

「やばいとかそういう時期《じき》、とっくに過《す》ぎてるから」

里美《さとみ》はあっさり言《い》うと、顔《かお》を上《あ》げた。

「ねえ、秀君《ひでくん》。あたしはあたしなりに、この十年間《じゅうねんかん》、秀君《ひでくん》と一緒《いっしょ》に頑張《がんば》ってきたつもりだよ」

「……もちろん、わかってますよ」

松本《まつもと》の言葉《ことば》に里美《さとみ》は再《ふたた》びうつむき、左手《ひだりて》の薬指《くすりゆび》にはめた指輪《ゆびわ》を抜《ぬ》き取《と》ってテーブルの上《うえ》に置《お》いた。それは付《つ》き合《あ》い始《はじ》めた頃《ころ》に松本《まつもと》が露店《ろてん》で買《か》った安物《やすもの》の指輪《ゆびわ》で、里美《さとみ》がずっと肌身離《はだみはな》さずつけていたものだ。

それを外《はず》すということは……里美《さとみ》は本気《ほんき》で別《わか》れるつもりなのだ。

「秀君《ひでくん》がこの先《さき》も頑張《がんば》ってくれれば、ちょっと報《むく》われると思《おも》う」

里美《さとみ》が声《こえ》を震《ふる》わせながら笑顔《えがお》を取《と》り繕《つくろ》うと、松本《まつもと》は「……頑張《がんば》るけどさ」と頭《あたま》をかいた。

「いなくなったら困《こま》るよ。俺《おれ》、里美《さとみ》以外《いがい》と一緒《いっしょ》にいたことないし、里美《さとみ》以外《いがい》好《す》きになったことないし」

「……この十年《じゅうねん》で、見《み》てる未来《みらい》がちょっとずつ、ずれちゃったのかな」

松本《まつもと》が顔《かお》を上《あ》げると、里美《さとみ》は今《いま》にも泣《な》き出《だ》しそうな顔《かお》をしていた。鼻《はな》をすすり、フッと微笑《ほほえ》む。

「最後《さいご》にさらりと好《す》きとか言《い》わないでよ」

そう言《い》うと伝票《でんぴょう》を持《も》って立《た》ち上《あ》がった。レジへ向《む》かった里美《さとみ》は涙《なみだ》がこぼれそうになるのを必死《ひっし》で耐《た》えていた。

松本《まつもと》はかける言葉《ことば》がとっさに出《で》てこなかった。

あまりにも突然《とつぜん》すぎて、何《なに》も考《かんが》えられない。頭《あたま》の中《なか》が真《ま》っ白《しろ》になって、ただただ呆然《ぼうぜん》とテーブルに置《お》かれた指輪《ゆびわ》を見《み》つめた。


翌朝《よくあさ》。里美《さとみ》のことで眠《ねむ》れなかった松本《まつもと》は、腫《は》れぼったい目《め》をこすりながらロケバスに乗《の》り込《こ》んだ。松本《まつもと》の心《こころ》とは裏腹《うらはら》に空《そら》は澄《す》み渡《わた》り、絶好《ぜっこう》のロケ日和《びより》だ。

ロケバスは高速道路《こうそくどうろ》を降《お》りて海辺《うみべ》を走《はし》り、高台《たかだい》にある公園《こうえん》に来《き》ていた。

今日《きょう》の面白《おもしろ》ペットは、三匹《さんびき》のボーダー・コリーだった。三匹《さんびき》ともかしこそうな顔《かお》をしていて、名前《なまえ》が入《はい》ったスカーフを首《くび》に巻《ま》いている。

三匹《さんびき》の飼《か》い主《ぬし》はフリスビーを持《も》つとハァ〜ッと力《ちから》をため、

「飛《と》んでけ〜!!」

と力《ちから》いっぱいフリスビーを飛《と》ばした。三匹《さんびき》のボーダー・コリーが一斉《いっせい》に走《はし》り出《だ》し、一匹《いっぴき》が空中《くうちゅう》でキャッチした。

「すごーい！」

ボーダー・コリーのダイナミックなジャンプに水希《みずき》が思《おも》わず声《こえ》を上《あ》げると、隣《となり》に立《た》っていた河原《かわはら》が顔《かお》をしかめた。

「まさおにあんなことできんのかよ」

「無理《むり》ですね」

「おまえが無理《むり》って言《い》うなよ。おまえがやらせるんだよ！」

「松本《まつもと》さん、頑張《がんば》って」

水希《みずき》が言《い》うと松本《まつもと》は「はいっ」と即答《そくとう》し、まさおのリードを引《ひ》っ張《ぱ》りながら「……無《む》理《り》に決《き》まってんじゃん」とつぶやいた。

どう考《かんが》えたって、まさおにあんな芸当《げいとう》ができるわけがない。しかし言《い》われた以上《いじょう》、やるしかないのだ。

「よーし、行《い》くよ！」

松本《まつもと》はまさおのリードを外《はず》して座《すわ》らせると、後《うし》ろに下《さ》がって「ゴーッ！」とフリスビーを投《な》げた。しかしフリスビーは縦《たて》に回転《かいてん》して、あっという間《ま》にストンと地面《じめん》に落《お》ちた。

まさおも腰《こし》を下《お》ろしたまま全《まった》く動《うご》かない。

「……ひどい。ひどすぎる」

水希《みずき》はおでこに手《て》を当《あ》てて嘆《なげ》いた。

「拾《ひろ》いに行《い》けよ、バカ犬《いぬ》っ」

松本《まつもと》が落《お》ちたフリスビーを指差《ゆびさ》すと、カメラを回《まわ》していた河原《かわはら》が「おまえもちゃんと投《な》げろよ、バカが！」と怒鳴《どな》った。

松本《まつもと》はしぶしぶフリスビーを取《と》りに行《い》き、今度《こんど》は投《な》げるフリをしてみた。しかし、まさおは座《すわ》ったままで、退屈《たいくつ》そうにあくびをした。

「何《なに》してんのよっ」

「いや、フェイントとか面白《おもしろ》いかと思《おも》って……」

松本《まつもと》が言《い》い訳《わけ》をすると、「真面目《まじめ》にやって！」と水希《みずき》が目《め》くじらを立《た》てた。

「わかってますよ」

松本《まつもと》はまさおの前《まえ》で膝《ひざ》をつき、「よーし、行《い》こう！」とまさおにフリスビーを見《み》せた。

まさおがきょとんとした顔《かお》で松本《まつもと》を見《み》る。全《まった》く空《くう》気《き》を読《よ》もうとしないまさおに、松本《まつもと》はため息《いき》をついた。

「バカ犬《いぬ》、バカ犬《いぬ》って言《い》われててそれでいいわけ？　次《つぎ》は本気《ほんき》で行《い》くからな」

顔《かお》を近《ちか》づけてささやくと、まさおはプイッと横《よこ》を向《む》いた。松本《まつもと》はまさおをにらみつけながら立《た》ち上《あ》がって後《うし》ろに下《さ》がり、ボーダー・コリーの飼《か》い主《ぬし》の真似《まね》をしてハァ〜ッと力《ちから》をためた。そしてその場《ば》で回転《かいてん》して力強《ちからづよ》くフリスビーを投《な》げる。

「松本《まつもと》ローリングサンダーーー！　よぉーーしっ!!」

するとフリスビーはとんでもない方向《ほうこう》へ飛《と》んでいき、見晴《みは》らし台《だい》の柵《さく》を越《こ》えて落《お》ちていった。

「取《と》って来《こ》い、バカ犬《いぬ》」

松本《まつもと》が顎《あご》をしゃくって指図《さしず》すると、まさおは口《くち》を開《あ》けてハァハァと舌《した》を出《だ》した。

「何言《なにい》ってんだよ。おまえが取《と》ってくるんだよ！」

「……はい」

河原《かわはら》に言《い》われて、松本《まつもと》は仕方《しかた》なく見晴《みは》らし台《だい》に向《む》かって走《はし》った。

「何《なん》で俺《おれ》が投《な》げて俺《おれ》が取《と》りに行《い》くんだよっ」

見晴《みは》らし台《だい》の柵《さく》に手《て》を掛《か》けて下《した》をのぞくと、フリスビーは柵《さく》の下《した》の斜面《しゃめん》に引《ひ》っかかっていた。

「おい、早《はや》くしろよー！」

河原《かわはら》の苛立《いらだ》った声《こえ》が聞《き》こえてきて、松本《まつもと》は柵《さく》の上《うえ》から手《て》を伸《の》ばした。しかし全《まった》く届《とど》かない。やむを得《え》ず松本《まつもと》は柵《さく》に足《あし》をかけてまたがり、大《おお》きく手《て》を伸《の》ばした。もう少《すこ》しで届《とど》

きそうだと思《おも》った瞬間《しゅんかん》、

「……あっ！」

バランスを崩《くず》して柵《さく》から落《お》ちた。松本《まつもと》は斜面《しゃめん》を転《ころ》がるように滑《すべ》り落《お》ちていく。

「松本《まつもと》さん！」

水希《みずき》と河原《かわはら》が慌《あわ》てて見晴《みは》らし台《だい》に走《はし》った。すると、突然《とつぜん》まさおが駆《か》け出《だ》し、水希《みずき》たちを抜《ぬ》いて見晴《みは》らし台《だい》にいち早《はや》く着《つ》くと、そのまま柵《さく》を飛《と》び越《こ》えた。

「まさおっ！」

柵《さく》に駆《か》け寄《よ》った水希《みずき》たちは斜面《しゃめん》を見下《みお》ろした。斜面《しゃめん》にはうっそうと草《くさ》が生《お》い茂《しげ》り、松《まつ》本《もと》の姿《すがた》は見《み》えない。

まさおは滑《すべ》り落《お》ちるように斜面《しゃめん》を駆《か》け降《お》り、草《くさ》をかき分《わ》けて松本《まつもと》の姿《すがた》を捜《さが》した。すると、草《くさ》の途切《とぎ》れた場所《ばしょ》で、松本《まつもと》は傷《きず》だらけになって転《ころ》がっていた。まさおは松本《まつもと》に駆《か》け寄《よ》り、吠《ほ》えまくった。

「……まさお」

松本《まつもと》がぼんやりと目《め》を開《あ》けると、まさおは松本《まつもと》の顔《かお》を優《やさ》しくなめた。

「おまえ……助《たす》けに来《き》てくれたのか……？」

まさおは看病《かんびょう》するようにペロペロとなめ続《つづ》けた。

フリスビーには見向《みむ》きもしなかったくせに、松本《まつもと》が柵《さく》から落《お》ちたら誰《だれ》よりも早《はや》く駆《か》けつけてくれたのだ。

「……大丈夫《だいじょうぶ》だよ」

松本《まつもと》はくすぐったそうに笑《わら》うと、まさおの体《からだ》に手《て》を回《まわ》した。

「松本《まつもと》さん！」「松本《まつもと》っ！」

迂回《うかい》して下《お》りてきた水希《みずき》と河原《かわはら》は、松本《まつもと》とまさおの姿《すがた》を見《み》つけて立《た》ち止《ど》まった。

「大丈夫《だいじょうぶ》。大丈夫《だいじょうぶ》だよ」と松本《まつもと》が笑《わら》いながら言《い》っても、まさおは松本《まつもと》から離《はな》れようとせず、かすり傷《きず》を負《お》った腕《うで》や顔《かお》をなめ続《つづ》けていた。

水希《みずき》と川原《かわら》はホッと胸《むね》をなでおろし、微笑《ほほえ》ましい二人《ふたり》の姿《すがた》を離《はな》れたところから見守《みまも》った。

「まったくこいつら、仲《なか》いいんだか悪《わる》いんだか」

「……あたし、不覚《ふかく》にもちょっと感動《かんどう》しちゃいました」

水希《みずき》が涙目《なみだめ》になりながら言《い》うと、河原《かわはら》がハハッと笑《わら》った。

「バカ犬《いぬ》とダメ芸人《げいにん》。どっか通《つう》じるとこがあるのかね」


ロケを終《お》えた松本《まつもと》は、『WAN《ワン》 NYAN《ニャン》』にまさおを返《かえ》しに行《い》った。犬舎《けんしゃ》に入《はい》り、リードを外《はず》してまさおをケージの中《なか》に入《い》れる。松本《まつもと》がケージを離《はな》れて棚《たな》にリードをかけていると、まさおがワンッと吠《ほ》えた。振《ふ》り返《かえ》ると、まさおはケージの中《なか》からじっと松本《まつもと》を見《み》つめていた。

松本《まつもと》はケージの前《まえ》に戻《もど》って腰《こし》を下《お》ろし、気恥《きは》ずかしそうに頭《あたま》をかいた。

「……あの、あれだ。今日《きょう》は、その……ありがとな」

犬相手《いぬあいて》にお礼《れい》を言《い》うのは何《なん》だか恥《は》ずかしかったが、松本《まつもと》は言《い》わずにはいられなかった。

いつもマウントしてきて自分《じぶん》のことを見下《みくだ》してると思《おも》っていたのに、真《ま》っ先《さき》に駆《か》けつけて心配《しんぱい》してくれて……正直《しょうじき》、嬉《うれ》しかったのだ。

松本《まつもと》がお礼《れい》を言《い》うとまさおは嬉《うれ》しそうにワンッと吠《ほ》え、松本《まつもと》も結《むす》んでいた口元《くちもと》を緩《ゆる》めた。

アパートへ帰《かえ》る途中《とちゅう》、松本《まつもと》は携帯電話《けいたいでんわ》を取《と》り出《だ》して里美《さとみ》に電話《でんわ》した。しかし、十数回《じゅうすうかい》コールしても出《で》なかった。

やっぱり昨日《きのう》の別《わか》れ話《ばなし》は本気《ほんき》だったんだ。もう俺《おれ》からの電話《でんわ》には出《で》る気《き》はないのか……松本《まつもと》はため息《いき》をつき、携帯電話《けいたいでんわ》を閉《と》じた。

「……腹減《はらへ》ったな」

商店街《しょうてんがい》を歩《ある》いているとあちらこちらからいい匂《にお》いが漂《ただよ》ってきて、グ～ッと腹《はら》が鳴《な》った。ズボンのポケットに手《て》を突《つ》っ込《こ》むが、出《で》てきたのは里美《さとみ》に返《かえ》された指輪《ゆびわ》と小銭《こぜに》だけだった。

松本《まつもと》は手《て》のひらの指輪《ゆびわ》を寂《さび》しげに見《み》つめると、ポケットに戻《もど》した。そして目《め》の前《まえ》の百《ひゃく》円《えん》ショップに立《た》ち寄《よ》った。

カップラーメンでも買《か》おうかと物色《ぶっしょく》していると、隣《となり》の手芸《しゅげい》コーナーに置《お》かれていたひらがなのワッペンが目《め》に入《はい》った。アイロンで布《ぬの》にくっつけるもので、子《こ》どもの持《も》ち物《もの》によく貼《は》られているのを見《み》かける。

松本《まつもと》はふと、今日《きょう》のロケで会《あ》ったボーダー・コリーたちを思《おも》い出《だ》した。

そういえばアイツら、名前《なまえ》が入《はい》ったいかしたスカーフを首《くび》に巻《ま》いてたっけ……。

今《いま》までのロケで会《あ》った犬《いぬ》たちも、みんなオシャレな首輪《くびわ》や服《ふく》を着《き》せられていた。

それに比《くら》べてまさおは、地味《じみ》なチェーンの首輪《くびわ》だけ。番組《ばんぐみ》の主役《しゅやく》なのに、誰《だれ》よりも地《じ》味《み》だ。まぁ自分《じぶん》も衣装《いしょう》なんてものはなく、全《すべ》て自前《じまえ》の普段着《ふだんぎ》なのだが……。

松本《まつもと》は持《も》っていたカップラーメンを棚《たな》に戻《もど》すと、あいうえお順《じゅん》に並《なら》んだひらがなのワッペンを手《て》に取《と》った。すると、その横《よこ》に正方形《せいほうけい》の接着《せっちゃく》フェルトが置《お》かれていた。ひらがなのワッペンと同《おな》じくフェルトに接着《せっちゃく》のりがついていて、自分《じぶん》で好《す》きな形《かたち》に切《き》って布《ぬの》に貼《は》ることができる。

「こっちの方《ほう》が安《やす》いか」

松本《まつもと》はひらがなワッペンを戻《もど》し、様々《さまざま》な色《いろ》の接着《せっちゃく》フェルトから青色《あおいろ》を選《えら》んだ。


東京《とうきょう》タウンテレビのスタッフルームに戻《もど》った水希《みずき》と河原《かわはら》はデスクに座《すわ》り、ファックスやハガキの投書《とうしょ》を整理《せいり》していた。

『ただ犬《いぬ》が好《す》き勝手《かって》にやってるだけの番組《ばんぐみ》なんてやめちまえ』

『食《た》べ物粗末《ものそまつ》にしすぎ』

『番組《ばんぐみ》の意図《いと》が理解不能《りかいふのう》』など、相変《あいか》わらずどれも苦情《くじょう》ばかりで、それらを見《み》た水希《みずき》は額《ひたい》に手《て》を当《あ》ててハァ……とため息《いき》をついた。

「なあ、水希《みずき》」

向《む》かいのデスクでハガキの投書《とうしょ》を眺《なが》めていた河原《かわはら》が話《はな》しかけてきて、水希《みずき》は顔《かお》を上《あ》げずに「何《なん》ですか」と訊《き》いた。

「俺《おれ》はさ、ディレクターの才能《さいのう》なんてねえよ。運良《うんよ》くのらりくらりと続《つづ》けてるだけでさ。だから、ちょっとした勘《かん》は信《しん》じることにしてんだよ」

「……競馬《けいば》の話《はなし》ですか？」

水希《みずき》が怪訝《けげん》そうな顔《かお》をすると、河原《かわはら》はニヤッと笑《わら》って持《も》っていた二通《につう》の投書《とうしょ》を渡《わた》した。

『元気《げんき》な姿《すがた》に笑《わら》った！　ありがと！』

『おバカなラブラドールかわいかった！　まさお応援団《おうえんだん》より』

驚《おどろ》いたことに、それらには好意的《こういてき》なコメントとまさおの似顔絵《にがおえ》が書《か》かれていた。

「この番組《ばんぐみ》には、こういう力《ちから》があるんじゃねえかな」

河原《かわはら》の言葉《ことば》に、水希《みずき》は持《も》っていたハガキから顔《かお》を上《あ》げた。

「これはまさおだけの力《ちから》じゃねえ。おまえ含《ふく》めて、一《ひと》つのチームで作《つく》ってる番組《ばんぐみ》の力《ちから》だよ」

河原《かわはら》はそう言《い》うと水希《みずき》からハガキを取《と》り上《あ》げ、満足《まんぞく》そうに笑《わら》った。

「この似顔絵《にがおえ》、なかなか上手《うま》いよな」

「……はい」

水希《みずき》も笑《え》みを浮《う》かべながらうなずいた。


アパートに帰《かえ》った松本《まつもと》は、押入《おしい》れから使《つか》っていない赤《あか》いバンダナを取《と》り出《だ》し、テーブルに広《ひろ》げた。そしてヤカンに水《みず》を入《い》れて沸《わ》かすと、百円《ひゃくえん》ショップで買《か》ったうまい棒《ぼう》を食《た》べながら、青色《あおいろ》の接着《せっちゃく》フェルトをハサミでチョキチョキ切《き》りはじめた。

「よし。こんな感《かん》じだな」

接着《せっちゃく》フェルトを切《き》ったものをバンダナに並《なら》べていると、ちょうどヤカンが沸騰《ふっとう》してピーッと音《おと》が鳴《な》った。松本《まつもと》は立《た》ち上《あ》がり、キッチンに行《い》ってヤカンを持《も》ってきた。そしてヤカンの底《そこ》をチラリと覗《のぞ》くと、接着《せっちゃく》フェルトの上《うえ》にヤカンを置《お》いて、バンダナに貼《は》り付《つ》けていった。

松本《まつもと》はヤカンを持《も》ち上《あ》げ、接着《せっちゃく》フェルトが貼《は》られたバンダナを持《も》ち上《あ》げると、満足《まんぞく》そうに微笑《ほほえ》んだ。


次《つぎ》のロケ撮影《さつえい》の日《ひ》。松本《まつもと》が夜《よる》の明《あ》けきらないうちに『W《ワ》A N《ン》 N《ニ》Y《ャ》A N《ン》』を訪《おとず》れると、連絡《れんらく》を受《う》けていた辻《つじ》が社長椅子《しゃちょういす》に座《すわ》って待《ま》っていた。

「ざーす」

「ああ、松本君《まつもとくん》」

辻《つじ》は大《おお》あくびをしながら犬舎《けんしゃ》の鍵《かぎ》を松本《まつもと》に渡《わた》した。

「鍵預《かぎあず》けておくから、勝手《かって》にやってもらえる？　ロケの度《たび》に朝《あさ》から来《く》るのしんどいんだわ。しかもまさおだしさ」

松本《まつもと》もその方《ほう》が気《き》が楽《らく》だと思《おも》った。けれど……辻《つじ》の言葉《ことば》がなぜか悔《くや》しく感《かん》じる。

犬舎《けんしゃ》に入《はい》った松本《まつもと》がまさおのケージの前《まえ》に座《すわ》ると、まさおがゆっくりと起《お》き上《あ》がった。

「おはよう」

まさおは半開《はんびら》きで眠《ねむ》そうに垂《た》れた目《め》を松本《まつもと》に向《む》けた。その顔《かお》を見《み》て、松本《まつもと》は思《おも》わず微《ほほ》笑《え》んだ。

「……俺《おれ》もおまえも、誰《だれ》にも相手《あいて》にされてないのな」

ケージを開《あ》けてまさおを出《だ》すと、コートのポケットから赤《あか》いバンダナを取《と》り出《だ》し、まさおの首《くび》に巻《ま》いた。

バンダナには『ま』『さ』『お』と切《き》り取《と》られた青《あお》いフェルトが貼《は》ってある。

「はい、よしっ」

バンダナを結《むす》び終《お》えた松本《まつもと》は、鼻先《はなさき》にあったまさおの頭《あたま》の匂《にお》いを嗅《か》いだ。

「……おまえ、犬《いぬ》の匂《にお》いするのな」

松本《まつもと》の服《ふく》の匂《にお》いを嗅《か》いでいたまさおが顔《かお》を上《あ》げると、松本《まつもと》はまさおの首《くび》に手《て》を当《あ》てた。

「俺《おれ》は人間《にんげん》で、おまえは犬《いぬ》だけど、そんなコンビで行《い》ってみねえか？　今《いま》はおまえしかいないんだわ。ちょっと協力《きょうりょく》してくれ」

松本《まつもと》はそう言《い》うと、自分《じぶん》の額《ひたい》をまさおの頭《あたま》にくっつけた。まさおは同意《どうい》したようにクウンと鳴《な》き、松本《まつもと》の顔《かお》をペロペロなめた。


松本《まつもと》はその日《ひ》から、不自然《ふしぜん》に笑《わら》いを取《と》るのは止《と》めた。

以前《いぜん》、水希《みずき》に言《い》われたとおり、主役《しゅやく》はあくまで犬《いぬ》のまさおなのだ。

川《かわ》に自《みずか》ら飛《と》び込《こ》んだり、無理《むり》にギャグをはさまなくても、まさおの〈ボケ〉に突《つ》っ込《こ》んでいけば、それだけで十分面白《じゅうぶんおもしろ》いことにようやく気《き》づいた。まさおと正面《しょうめん》から思《おも》いきりぶつかっていけば、面白《おもしろ》い番組《ばんぐみ》が作《つく》れるのだ。

一方《いっぽう》まさおは、そんな松本《まつもと》の想《おも》いが通《つう》じたのかどうかはわからないが、いたってマイペースで、好奇心《こうきしん》のおもむくままに動《うご》いた。

松本《まつもと》と別々《べつべつ》のカヌーに乗《の》って競争《きょうそう》すれば湖《みずうみ》にドボンと落《お》ち、泳《およ》いで松本《まつもと》の一人用《ひとりよう》カヌーに近寄《ちかよ》って足《あし》を掛《か》け、カヌーをひっくり返《かえ》す。

またあるときは芸《げい》をするペットのお宅《たく》で松本《まつもと》がご飯《はん》をご馳走《ちそう》になろうとすると、真《ま》っ先《さき》にテーブルに上《あ》がってご飯《はん》を食《く》い散《ち》らかした。

飼《か》い主《ぬし》たちもまさおの奔放《ほんぽう》さに怒《おこ》るどころか笑《わら》ってしまい、水希《みずき》や河原《かわはら》も声《こえ》を押《お》し殺《ころ》して笑《わら》った。

面白《おもしろ》ペットに会《あ》いに行《い》くのが〈まさお君《くん》が行《い》く!〉の最初《さいしょ》のコンセプトだったが、今《いま》ではすっかりまさおのペースに巻《ま》き込《こ》まれ、視聴者《しちょうしゃ》はもちろん松本《まつもと》や河原《かわはら》、水希《みずき》も、旅《たび》先《さき》でまさおが何《なに》をしでかすかが楽《たの》しみになっていた。

5.

東京《とうきょう》タウンテレビの仕事《しごと》が定期的《ていきてき》にあるものの、松本《まつもと》の暮《く》らしは一向《いっこう》に楽《らく》にならなかった。あいかわらずポケットには小銭《こぜに》しかない。

土曜日《どようび》の午後《ごご》、松本《まつもと》はテーブルの上《うえ》にポケットの小銭《こぜに》を並《なら》べると、部屋《へや》の中《なか》を引《ひ》っかき回《まわ》してお金《かね》を探《さが》しはじめた。するとソファの下《した》に五十円玉《ごじゅうえんだま》が落《お》ちていて、すかさず手《て》を突《つ》っ込《こ》み、指先《ゆびさき》で必死《ひっし》に滑《すべ》り寄《よ》せた。テーブルに並《なら》べられた十円玉《じゅうえんだま》や一円玉《いちえんだま》と一緒《いっしょ》に数《かぞ》える。

「よっしゃぁーー！　どんべえゲットぉおーーー!!」

と拳《こぶし》を突《つ》き上《あ》げていると、

「何《なに》やってんだよ、バカ！」

背後《はいご》から声《こえ》がした。驚《おどろ》いて振《ふ》り返《かえ》ると、里美《さとみ》の兄《あに》の真一《しんいち》がドアの外《そと》に立《た》っていた。

「……真《しん》ちゃん？　真《しん》ちゃんじゃん！」

「テレビに出《で》てるって聞《き》いてたから、どんな部屋《へや》に住《す》んでるのかと思《おも》ったら……きったねえとこだなぁ！」

真一《しんいち》は部屋《へや》を見渡《みわた》しながら、ずかずかと中《なか》へ入《はい》ってきた。

「……久《ひさ》しぶりに会《あ》って、ずいぶんな挨拶《あいさつ》だね」

「これ、ウチの会社《かいしゃ》の商品《しょうひん》。本当《ほんとう》にいいから友達《ともだち》に勧《すす》めろ」

と持《も》っていた段《だん》ボール箱《ばこ》を松本《まつもと》に押《お》し付《つ》け、ソファにハンカチを敷《し》いて腰《こし》を下《お》ろす。

松本《まつもと》もテーブルの前《まえ》に座《すわ》り、段《だん》ボール箱《ばこ》を開《あ》けた。

「『シイタケ王子《おうじ》』？　あやしいなぁ、これ……」

と商品《しょうひん》を訝《いぶか》しげに眺《なが》めていると、真一《しんいち》が口《くち》を開《ひら》いた。

「里美《さとみ》が、実家《じっか》に戻《もど》る決心固《けっしんかた》めてくれた」

「……そっか」

松本《まつもと》は商品《しょうひん》を見《み》つめたまま、つぶやいた。

お好《この》み焼《や》き屋《や》で別《わか》れを告《つ》げられてから、里美《さとみ》とは連絡《れんらく》が取《と》れずにいた。

「ずるずる引《ひ》きずられてたもんな、おまえに」

「……真《しん》ちゃん、なんか雰囲気《ふんいき》変《か》わったな」

「もういい大人《おとな》だ。おまえみたいにプラプラ生《い》きてねえからな」

松本《まつもと》は子供《こども》の頃《ころ》の真一《しんいち》を思《おも》い出《だ》した。昔《むかし》は細《ほそ》くていじめられっ子《こ》だったのに、今《いま》では
すっかり恰幅《かっぷく》がよくなって、おまけに髪《かみ》が薄《うす》くなったせいなのか坊主頭《ぼうずあたま》にしている。

「変《へん》に里美《さとみ》の気持《きも》ち揺《ゆ》らすな。な？　無駄《むだ》にした十年《じゅうねん》はチャラにしてやるから」

「無駄《むだ》って――」

松本《まつもと》が顔《かお》をしかめると、真一《しんいち》は身《み》を乗《の》り出《だ》した。

「そんなこともわかんねえから、バカだって言《い》ってんだよ！」

「そんな言《い》い方《かた》ねえだろ」

「え？　バカって芸人《げいにん》にとっちゃほめ言葉《ことば》なんじゃねえの？」

真一《しんいち》はそう言《い》って鼻《はな》で笑《わら》い、カバンを持《も》って部屋《へや》から出《で》て行《い》った。閉《し》められたドアを

ぼんやりと見《み》つめる松本《まつもと》の脳裏《のうり》に真一《しんいち》の言葉《ことば》がよぎる。

「……無駄《むだ》にした十年《じゅうねん》、か……」

そんなふうに考《かんが》えたことは一度《いちど》もなかった。里美《さとみ》の人生《じんせい》を無駄《むだ》にしたなんて思《おも》ってない。でも……そう思《おも》っていなかったのは、もしかしたら自分《じぶん》だけなのかもしれない。

松本《まつもと》はズボンのポケットに入《い》れた指輪《ゆびわ》を取《と》り出《だ》し、目《め》の前《まえ》にかざした。

(里美《さとみ》にとって、俺《おれ》と過《す》ごした十年《じゅうねん》は、無駄《むだ》だったのか……?)


里美《さとみ》から実家《じっか》に帰《かえ》ると連絡《れんらく》があったのは、それから数日後《すうじつご》のことだった。

その日《ひ》、午後《ごご》からロケ撮影《さつえい》があった松本《まつもと》は、まさおを連《つ》れて里美《さとみ》をバス停《てい》まで見送《みおく》ることにした。

久《ひさ》しぶりに会《あ》った里美《さとみ》はどこかスッキリとした表情《ひょうじょう》をしていた。

大《おお》きめのバッグを持《も》ち、並《なら》んで歩《ある》く松本《まつもと》とまさおを見《み》て、里美《さとみ》は「……いいなぁ」とつぶやく。

「……何《なに》が？」

松本《まつもと》が訊《き》くと、里美《さとみ》はフッと微笑《ほほえ》んだ。

「秀君《ひでくん》とまさお君《くん》は、これからなんだなぁって」

里美《さとみ》の言葉《ことば》を聞《き》いた松本《まつもと》はうつむいた。里美《さとみ》とはこれで本当《ほんとう》に終《お》わってしまうんだ……と痛感《つうかん》する。

「……俺《おれ》、里美《さとみ》の十年間《じゅうねんかん》無駄《むだ》にしたかな」

「それは自分《じぶん》で考《かんが》えてよ。そうじゃないと、ここで終《お》わりにした意味《いみ》がないし」

里美《さとみ》と松本《まつもと》の間《あいだ》で歩《ある》いていたまさおは、雰囲気《ふんいき》を察《さっ》しているのか、二人《ふたり》を交互《こうご》に見《み》つめた。

「……ねえ、秀君《ひでくん》。一《ひと》つだけお願《ねが》いがあるんだけど」

里美《さとみ》はそう言《い》うと、立《た》ち止《ど》まって松本《まつもと》を見《み》た。

「あの頃《ころ》みたいに、あたしのこと笑《わら》わせてよ」

「……悪《わる》いけど、今《いま》スベリそうだから、パス」

とてもそんな気《き》にはなれなかった。笑《わら》わせる自信《じしん》もない。

松本《まつもと》が目線《めせん》を外《はず》すと、里美《さとみ》は唇《くちびる》をとがらせてうつむいた。

「これ……」松本《まつもと》はズボンのポケットから指輪《ゆびわ》を取《と》り出《だ》した。

「里美《さとみ》の指《ゆび》に十年間《じゅうねんかん》はまってたもんだから……ちょっとどうしていいのかわからない」

そう言《い》って指輪《ゆびわ》を里美《さとみ》の手《て》のひらに乗《の》せる。里美《さとみ》はじっと指輪《ゆびわ》を見《み》つめて小《ちい》さく息《いき》をつくと、指輪《ゆびわ》をギュッと握《にぎ》りしめた。


バス停《てい》に着《つ》き、松本《まつもと》と里美《さとみ》はまさおをはさんで立《た》った。お互《たが》い何《なに》を話《はな》すでもなく、じっとバスが来《く》るのを待《ま》った。やがてバスが走《はし》ってくるのが見《み》えると、里美《さとみ》はまさおのそばにしゃがみ込《こ》んだ。

「まさお君《くん》。秀君《ひでくん》のこと、お願《ねが》いね」

耳元《みみもと》でささやかれたまさおは、顔《かお》を上《あ》げて里美《さとみ》を見《み》つめた。里美《さとみ》は微笑《ほほえ》みながらまさおの頭《あたま》をやさしくなで、首《くび》のバンダナに触《ふ》れた。松本《まつもと》はその間《あいだ》、じっと前《まえ》を向《む》いていた。バスが停《と》まって扉《とびら》が開《ひら》くと、里美《さとみ》は乗《の》り込《こ》んだ。乗車賃《じょうしゃちん》を払《はら》い、松本《まつもと》たちを振《ふ》り返《かえ》る。松本《まつもと》は何《なん》の言葉《ことば》を掛《か》けられず、ただじっと里美《さとみ》を見《み》つめた。隣《となり》に座《すわ》ったまさおも里美《さとみ》を見上《みあ》げている。

やがて扉《とびら》が閉《し》まり、里美《さとみ》は目《め》を赤《あか》くしながらも小《ちい》さく微笑《ほほえ》んだ。バスが走《はし》り出《で》すと、まさおが突然駆《とつぜんか》け出《だ》した。松本《まつもと》はバスを追《お》おうとするまさおのリードを両手《りょうて》で握《にぎ》りしめ、両足《りょうあし》を踏《ふ》ん張《ば》って止《と》めた。

遠《とお》ざかっていくバスを見《み》つめながらしゃがみ込《こ》み、まさおの首《くび》に手《て》を回《まわ》す。その手《て》は小《ちい》さく震《ふる》えていた。

「……まさお、悪《わる》い。今日《きょう》だけは一緒《いっしょ》にいてくれねえか」

まさおが再《ふたた》びバスを追《お》いかけようと駆《か》け出《だ》し、松本《まつもと》はリードを力強《ちからづよ》く引《ひ》っ張《ぱ》った。まさおは小《ちい》さくなっていくバスに向《む》かって吠《ほ》え続《つづ》けた。

その夜《よる》。松本《まつもと》はまさおと一緒《いっしょ》にアパートに帰《かえ》り、同《おな》じ布団《ふとん》に丸《まる》まって寝《ね》た。

静《しず》まり返《かえ》った部屋《へや》の中《なか》で、バスに乗《の》って去《さ》っていった里美《さとみ》の姿《すがた》を思《おも》い出《だ》す。別《わか》れ際《ぎわ》に何《なに》も言《い》えず、黙《だま》って見送《みおく》ってしまったことを今《いま》さらながら悔《く》やんだ。

どうして何《なに》も言《い》えなかったんだろう。十年《じゅうねん》も一緒《いっしょ》にいたのに、別《わか》れは驚《おどろ》くほどあっけなくて、後悔《こうかい》が波《なみ》のように押《お》し寄《よ》せる。

「……まさお。起《お》きてるか？」

まさおの背中《せなか》に話《はな》しかけると、クウ……ンと小《ちい》さな鳴《な》き声《ごえ》が聞《き》こえてきた。

「もっと話《はな》したいことも、伝《つた》えなきゃいけないことも、たくさんあったんだけどなぁ……俺《おれ》、何《なに》もしてやれなかったなぁ……」

笑《わら》わせてほしいという最後《さいご》の願《ねが》いも聞《き》いてやれなかった。芸人《げいにん》のくせに、彼女《かのじょ》すら笑《わら》わせられないなんて、情《なさ》けないにもほどがある――。

松本《まつもと》はまさおの背中《せなか》にしがみついて泣《な》きはじめた。

涙《なみだ》がまさおの背中《せなか》を濡《ぬ》らしていく。

まさおは身動《みうご》きせず、嗚咽《おえつ》を上《あ》げる松本《まつもと》をじっと受《う》け止《と》めてくれた。松本《まつもと》はまさおの柔《やわ》らかく温《あたた》かい体《からだ》に身《み》を寄《よ》せながら、一晩中《ひとばんじゅう》泣《な》きあかした。

6.

里美《さとみ》が実家《じっか》に帰《かえ》ってから、半年《はんとし》が経《た》った。

その間《あいだ》、松本《まつもと》はまさおと面白《おもしろ》ペットに会《あ》いに全国《ぜんこく》を巡《めぐ》った。

紅葉《こうよう》が燃《も》える秋《あき》には深《ふか》い渓谷《けいこく》にかけられたつり橋《ばし》を渡《わた》らされ、足《あし》がすくんで一歩《いっぽ》も動《うご》けないまさおと、

「いやぁぁああっ！　ムリムリムリっ！」

腰《こし》が上《あ》がらず吊《つ》り橋《ばし》にしがみつく松本《まつもと》の姿《すがた》があった。橋《はし》のたもとでビデオカメラを回《まわ》していた河原《かわはら》と水希《みずき》が二人《ふたり》の姿《すがた》を見《み》てプッと吹《ふ》き出《だ》す。

「……二人《ふたり》とも高所恐怖症《こうしょきょうふしょう》って」

「いいコンビになってきたな」

河原《かわはら》はそう言《い》うと、悲鳴《ひめい》を上《あ》げて抱《だ》き合《あ》っている松本《まつもと》とまさおの姿《すがた》をビデオカメラの画面《がめん》で見《み》ながらハハッと楽《たの》しそうに笑《わら》った。

冬《ふゆ》になると、松本《まつもと》とまさおは雪原《せつげん》でソリに挑戦《ちょうせん》した。まさおを抱《だ》っこしてソリで滑《すべ》り出《だ》したものの、途中《とちゅう》で見事《みごと》にひっくり返《かえ》り、松本《まつもと》もまさおも全身雪《ぜんしんゆき》だらけになった。まさおは全身《ぜんしん》をプルプル震《ふる》わせて雪《ゆき》を払《はら》うと、降《ふ》っている雪《ゆき》をパクパク食《た》べはじめた。

「まさお、おいしいのか!?」

松本《まつもと》も顔《かお》を上《あ》げて、降《ふ》ってくる雪《ゆき》を食《た》べた。雪《ゆき》の中《なか》を駆《か》け回《まわ》りながら、競《きそ》って雪《ゆき》を食《た》べる二人《ふたり》の姿《すがた》は滑稽《こっけい》で、河原《かわはら》と水希《みずき》から笑《え》みがこぼれた。

放送《ほうそう》を重《かさ》ねるにつれ、東京《とうきょう》タウンテレビのスタッフルームには好意的《こういてき》な投書《とうしょ》ハガキやファックスがどんどん送《おく》られてきた。

『自由過《じゆうす》ぎっ！　笑《わら》った！』

『あたしも好《す》き勝手《かって》に生《い》きてみたいっ！』

『まさおに元気《げんき》もらった』

『まさお大好《だいす》き！』

など、似顔絵《にがおえ》が描《えが》かれたものが続々《ぞくぞく》と届《とど》き、水希《みずき》は一枚一枚《いちまいいちまい》嬉《うれ》しそうに見《み》ていった。


そして放送開始《ほうそうかいし》から一年《いちねん》。ついに〈まさお君《くん》が行《い》く！〉は全国《ぜんこく》ネット放送《ほうそう》が決《き》まった。

東京《とうきょう》タウンテレビの制作《せいさく》センターには『祝《しゅく》　まさお君《くん》が行《い》く！　全国《ぜんこく》ネット放送決《ほうそうけっ》定《てい》！』と書《か》かれた横断幕《おうだんまく》が飾《かざ》られ、局長《きょくちょう》が河原《かわはら》と水希《みずき》を横《よこ》に並《なら》ばせて朝礼《ちょうれい》を開《ひら》いた。

「放送開始《ほうそうかいし》から一年《いちねん》。この度《たび》〈まさお君《くん》が行《い》く！〉が全国《ぜんこく》ネットで放送《ほうそう》されることが正《せい》式《しき》に決《き》まりましたぁ!!」

局長《きょくちょう》が拳《こぶし》を突《つ》き上《あ》げると、社員《しゃいん》たちは喜《よろこ》びの拍手《はくしゅ》を送《おく》った。

「みんな！　もっともっと応援《おうえん》してやってくれ！」

局長《きょくちょう》から肩《かた》をバシッと叩《たた》かれた河原《かわはら》は照《て》れくさそうに微笑《ほほえ》み、横《よこ》に立《た》っていた水希《みずき》もはにかんだ。

全国《ぜんこく》ネット放送《ほうそう》に向《む》けてスタッフが増員《ぞういん》され、きれいになったスタッフルームではさっそく打《う》ち合《あ》わせが行《おこな》われた。ホワイトボードの前《まえ》で河原《かわはら》と水希《みずき》が意見《いけん》を言《い》い合《あ》っていると、スタッフが一枚《いちまい》のファックスを持《も》ってきた。

子《こ》どもが描《えが》いたまさおの似顔絵《にがおえ》の下《した》には、『うちにもまさおくん来《き》てください　太陽《たいよう》の家《いえ》』と書《か》かれている。

ファックスを手《て》にした河原《かわはら》は、愛用《あいよう》のテンガロンハットのつばをクイッと上《あ》げた。

「ちびっ子《こ》ハウスか。クリスマスの特番《とくばん》に合《あ》わせてみるか」

「サンタとトナカイで、プレゼント持《も》って行《い》きましょうよ！」

珍《めずら》しく水希《みずき》と意見《いけん》が一致《いっち》して、さまざまなアイデアがスタッフから飛《と》び交《か》った。

クリスマスイブ当日《とうじつ》。

太陽《たいよう》の家《いえ》ではクリスマスの飾《かざ》りが施《ほどこ》された部屋《へや》で、幼児《ようじ》から中学生《ちゅうがくせい》までさまざまな年《とし》の子《こ》どもがご飯《はん》を食《た》べていた。すると初老《しょろう》の男性院長《だんせいいんちょう》・町村竹雄《まちむらたけお》がオーディオの前《まえ》に歩《あゆ》み寄《よ》り、クリスマスソングをかけた。

「何《なん》だろう、何《なん》だろう？」

ざわつく子《こ》どもたちを見《み》て、ニヤニヤする。するとそこに「メリークリスマース!!」とトナカイのかぶりものをした松本《まつもと》が入《はい》ってきた。まさおもサンタの格好《かっこう》をして歩《ある》いてくる。

「まさおだ！」「まさおが来《き》たー!!」

子《こ》どもたちは一斉《いっせい》に立《た》ち上《あ》がって、まさおに群《むら》がった。

「おい、松本《まつもと》もいるよー！」

松本《まつもと》は持《も》っていた大《おお》きな白《しろ》い袋《ふくろ》からプレゼントを取《と》り出《だ》し、子《こ》どもたちに配《くば》りはじめた。子《こ》どもたちが大喜《おおよろこ》びでプレゼントを取《と》り合《あ》い、河原《かわはら》と水希《みずき》にも自然《しぜん》と笑顔《えがお》がこぼれる。そんな中《なか》、松本《まつもと》は中学生《ちゅうがくせい》の島田敦史《しまだあつし》が席《せき》について黙々《もくもく》とご飯《はん》を食《た》べているのに気《き》づいた。

「はい、プレゼント」

松本《まつもと》が近《ちか》づいてプレゼントを渡《わた》そうとすると、

「俺《おれ》、いらねえし」

と敦史《あつし》は立《た》ち上《あ》がって外《そと》へ出《で》て行《い》った。あっけにとられて敦史《あつし》の後《うし》ろ姿《すがた》を見《み》ていた松本《まつもと》は、ふとまさおの姿《すがた》が見《み》えないのに気《き》づいた。

「あれ？　まさおは？」

松本《まつもと》が部屋《へや》を見渡《みわた》すと、そばにいた男《おとこ》の子《こ》が袖《そで》を引《ひ》っ張《ぱ》った。

「あそこにいるよ」

まさおは、クリスマスツリーの下《した》で横《よこ》たわっている黒《くろ》いラブラドールの前《まえ》でちょこんと座《すわ》っていた。お互《たが》い静《しず》かに見《み》つめ合《あ》っている。

人間《にんげん》でも犬《いぬ》でも女《おんな》の子《こ》が大好《だいす》きなまさおは、いつもなら突進《とっしん》して猛《もう》アピールするのに、今日《きょう》はやけにおとなしくて、水希《みずき》は首《くび》をひねった。

「……何《なに》かまさお、いつもと感《かん》じが違《ちが》う」

「ちょっと男前《おとこまえ》に見《み》えるな」

隣《となり》の河原《かわはら》が言《い》うと、水希《みずき》はアッと声《こえ》を上《あ》げた。

「……もしかして、恋《こい》？」

「まさおって、人間《にんげん》でいうと幾《いく》つくらい？」

「まあ、二十代後半《にじゅうだいこうはん》くらいじゃないですかね」

「恋人《こいびと》のひとりも欲《ほ》しいところか」

河原《かわはら》と水希《みずき》は顔《かお》を見合《みあ》わせて笑《わら》い、まさおを見《み》た。

子《こ》どもたちに囲《かこ》まれた松本《まつもと》も、嬉《うれ》しそうな顔《かお》でいつもと違《ちが》うまさおを見《み》つめていた。

庭《にわ》に出《で》た子《こ》どもたちは、まさおや黒《くろ》ラブのダイアンと一緒《いっしょ》に楽《たの》しそうに走《はし》りはじめた。

トナカイ姿《すがた》の松本《まつもと》は、ベランダの手《て》すりにもたれて庭《にわ》を眺《なが》めている敦史《あつし》に歩《あゆ》み寄《よ》った。

プレゼントを差《さ》し出《だ》したが敦史《あつし》は受《う》け取《と》ろうとせず、松本《まつもと》はやれやれとプレゼントを抱《かか》えた。

「全《まった》く、テレビで楽《たの》しそうにしてる奴《やつ》らが、何《なに》しに来《き》てんだって？　もうそういうの感《かん》じる年《とし》だもんな」

「……うるせえし」

敦史《あつし》は吐《は》き捨《す》てるように言《い》い、松本《まつもと》から離《はな》れてベンチに座《すわ》った。

「何《なに》したら面白《おもしろ》いかって考《かんが》えるのも大変《たいへん》なんだぞ。……世間《せけん》じゃ全然相手《ぜんぜんあいて》にされてねえけどな」

ベンチに歩《あゆ》み寄《よ》った松本《まつもと》は真面目《まじめ》な顔《かお》で話《はな》すと、トナカイの鼻《はな》の位置《いち》を直《なお》した。

「……そんな格好《かっこう》で真面目《まじめ》に話《はな》されても」

「ここの子《こ》たちも、俺《おれ》になんて全然興味《ぜんぜんきょうみ》ないし」

松本《まつもと》は敦史《あつし》の横《よこ》に座《すわ》り、トナカイのかぶり物《もの》を外《はず》してハァ……と頭《あたま》を抱《かか》えた。敦史《あつし》がチラリと松本《まつもと》の方《ほう》を見《み》ると、

「はぁぁぁあっ！」

松本《まつもと》が突然《とつぜん》顔《かお》を上《あ》げた。その両目《りょうめ》には五十円玉《ごじゅうえんだま》が挟《はさ》まっていて、怪獣《かいじゅう》のような顔《かお》に敦《あつ》史《し》は思《おも》わずプッと吹《ふ》き出《だ》した。

「ほら、なんだかんだでやっぱり笑《わら》うのが一番《いちばん》なんだよ」

「不意打《ふいう》ち食《く》らっただけで、全然《ぜんぜん》ウケてねえし」

負《ま》け惜《お》しみを言《い》う敦史《あつし》に、松本《まつもと》は再《ふたた》びまぶたに五十円玉《ごじゅうえんだま》を挟《はさ》んで「はぁぁぁあっ！」と見《み》せた。そのくだらなさにまた敦史《あつし》が吹《ふ》き出《だ》す。

「ほら笑《わら》ってんじゃん！」

「五秒《ごびょう》くらいしかもってねえし」

「もってるよ、ほら」

松本《まつもと》がしつこく繰《く》り返《かえ》すと、敦史《あつし》の笑《わら》う時間《じかん》が長《なが》くなっていった。

夕方《ゆうがた》になってロケが終了《しゅうりょう》し、松本《まつもと》たちは子供《こども》らにお別《わか》れの挨拶《あいさつ》をした。

「ばいばーい」「また来《き》てねー！」

子《こ》どもたちが笑顔《えがお》で手《て》を振《ふ》る。松本《まつもと》の足元《あしもと》では、まさおはダイアンと鼻《はな》をこすりあい仲《なか》むつまじく寄《よ》り添《そ》っていた。

二匹《にひき》の姿《すがた》を見《み》た河原《かわはら》が院長《いんちょう》の町村《まちむら》に「あの……」と話《はな》しかけた。

「まさおがこんなふうに女《おんな》の子《こ》と接《せっ》するの、初《はじ》めてなんです。もし良《よ》かったら、お見合《みあ》いさせてもらえませんか？」

「あたしからもお願《ねが》いします」

隣《となり》の水希《みずき》も頭《あたま》を下《さ》げると、町村《まちむら》は「ああ……」と少《すこ》し困《こま》った顔《かお》をした。

「ありがたい申《もう》し出《で》なんですけども、ウチを支援《しえん》してくれている代議士《だいぎし》さんの犬《いぬ》とのお見合《みあ》いが決《き》まっとるんですわ」

「……そうですか」

河原《かわはら》はそれ以上《いじょう》は押《お》すことができず、松本《まつもと》も黙《だま》ってまさおを見《み》た。

「よし。じゃあ撤収《てっしゅう》しようか。どうもありがとうございました」

「じゃあ、みんな元気《げんき》でね」

松本《まつもと》が手《て》を振《ふ》ってロケバスに戻《もど》ろうとすると、

「サインちょうだいよ」

男《おとこ》の子《こ》がノートを持《も》って駆《か》け寄《よ》ってきた。

「すいませーん。まさおの手形押《てがたお》せるインクあります？」

「ああ、インク？」

水希《みずき》がバッグを開《あ》ける。

「え？　じゃなくて、松本《まつもと》の」

男《おとこ》の子《こ》は開《ひら》いたノートを松本《まつもと》に渡《わた》した。

「俺《おれ》の？」

てっきりまさおのサインだと思《おも》っていた松本《まつもと》は驚《おどろ》いた。さらに他《ほか》の子供《こども》たちも「僕《ぼく》にもちょうだい！」「私《わたし》もー！」と松本《まつもと》のサインを求《もと》めてくる。

「おお、ちょっと待《ま》って。俺《おれ》のかよ！」

予想外《よそうがい》の出来事《できごと》に松本《まつもと》はとまどいながらも喜《よろこ》んで次々《つぎつぎ》とサインした。こんなにたくさんの人《ひと》からサインを求《もと》められたのは生《う》まれて初《はじ》めてだった。

松本《まつもと》がふとベランダを見上《みあ》げると、敦史《あつし》が立《た》っていた。目《め》が会《あ》うとスッと室内《しつない》に入《はい》っていく。

せっかく笑《わら》ってくれるようになったのにな……松本《まつもと》は寂《さび》しい気持《きも》ちになった。

「じゃあ行《い》こうか」

サインを終《お》えた松本《まつもと》がまさおのリードを軽《かる》く引《ひ》っ張《ぱ》ったが、まさおはダイアンの元《もと》を離《はな》れようとしなかった。

「残念《ざんねん》だけど、ダイアンは無理《むり》なんだよ」

まさおの隣《となり》に腰《こし》を下《お》ろして言《い》うと、まさおは額《ひたい》にしわを寄《よ》せ、納得《なっとく》のいかないような顔《かお》で松本《まつもと》を見《み》る。

「ほら、行《い》くぞ」

松本《まつもと》は半《なか》ば強引《ごういん》にリードを引《ひ》っ張《ぱ》ってまさおをダイアンから引《ひ》き離《はな》した。ダイアンも悲《かな》しげにクゥ……ンと小《ちい》さく鳴《な》く。互《たが》いに気《き》に入《い》ったようだが、ダイアンにはもう決《き》まった犬《いぬ》がいるのだ。

「まさお……ごめんな」

まさおは松本《まつもと》にズルズルと引《ひ》っ張《ぱ》られ、やがてあきらめたようにロケバスの中《なか》へ入《はい》っていった。

7.

数日後《すうじつご》。まさおと松本《まつもと》は関東《かんとう》ワンワン倶楽部《くらぶ》が主催《しゅさい》する愛犬《あいけん》スポーツ大会《たいかい》の会場《かいじょう》に来《き》ていた。

会場《かいじょう》の中央《ちゅうおう》には大《おお》きな犬《いぬ》のモニュメントが建《た》てられ、その周《まわ》りにハードルやドッグウォークなどさまざまな障害物《しょうがいぶつ》が並《なら》んでいる。

会場《かいじょう》に集《あつ》まった大勢《おおぜい》の観客《かんきゃく》は旗《はた》やメガホンを持《も》ち、コースを走《はし》る飼《か》い主《ぬし》と犬《いぬ》に熱《あつ》い声《せい》援《えん》を送《おく》っていた。

『それではみなさん、本日《ほんじつ》のスペシャルゲストが到着《とうちゃく》しました。盛大《せいだい》な拍手《はくしゅ》でお迎《むか》えください』

アナウンスが流《なが》れ、まさおを連《つ》れた松本《まつもと》が登場《とうじょう》すると、観客《かんきゃく》から拍手《はくしゅ》と声援《せいえん》がわき起《お》こった。

「まさおー！」

「まさおくーん！」

観客《かんきゃく》の中《なか》には〈まさおＬＯＶＥ《ラブ》〉〈ようこそ　まさおくん〉と書《か》かれた横断幕《おうだんまく》を持《も》って応援《おうえん》する人《ひと》もいて、松本《まつもと》は笑顔《えがお》で大《おお》きく手《て》を振《ふ》った。受付《うけつけ》で二番《にばん》の黄色《きいろ》いゼッケンをもらい、自分《じぶん》とまさおの体《からだ》につけるとスタート位置《いち》へ向《む》かう。

『それではみなさん、本日《ほんじつ》の最終《さいしゅう》レースをはじめます。ワンちゃんたちの紹介《しょうかい》をしていきますので、大《おお》きな拍手《はくしゅ》をお願《ねが》いします』

松本《まつもと》とまさおがスタート位置《いち》につくと、盛大《せいだい》な拍手《はくしゅ》が起《お》こった。

他《ほか》のゲートに並《なら》んだのはドーベルマンやグレイハウンドなど見《み》るからに足《あし》が速《はや》そうな犬《いぬ》ばかりで、飼《か》い主《ぬし》たちもやる気満々《きまんまん》だった。

あくまでまさおはゲストとしての参加《さんか》で、関係者《かんけいしゃ》も観客《かんきゃく》も他《ほか》の犬《いぬ》たちと張《は》り合《あ》うことなど期待《きたい》していないだろう。

松本《まつもと》はまさおのそばにしゃがみ込《こ》み、まさおの前足《まえあし》を持《も》ち上《あ》げてギュッと握《にぎ》った。

「……里美《さとみ》にも見《み》ててほしかったなぁ」

松本《まつもと》は声《こえ》を張《は》り上《あ》げてまさおを応援《おうえん》する里美《さとみ》の姿《すがた》を想像《そうぞう》した。半年経《はんとした》った今《いま》でも、里《さと》美《み》のことを思《おも》い出《だ》さない日《ひ》はなかった。

まさおは寂《さび》しげな表情《ひょうじょう》を浮《う》かべる松本《まつもと》をじっと見上《みあ》げていた。松本《まつもと》がまさおの首《くび》に手《て》を回《まわ》して引《ひ》き寄《よ》せると、まさおはグッと表情《ひょうじょう》を引《ひ》き締《し》めてコースを見《み》つめた。

『位置《いち》について、よーいドン！』

スタートのピストル音《おん》が鳴《な》り響《ひび》き、ゲートに並《なら》んだ飼《か》い主《ぬし》たちはリードを引《ひ》いて走《はし》り出《だ》した。松本《まつもと》もまさおを引《ひ》っ張《ぱ》って走《はし》り出《だ》したが、まさおは松本《まつもと》を追《お》い越《こ》して、逆《ぎゃく》に松《まつ》本《もと》を引《ひ》っ張《ぱ》っていった。

「おいっ、まさお！」

まさおはものすごい勢《いきお》いで走《はし》り、一《ひと》つ目《め》のドッグウォークを一気《いっき》に駆《か》け上《のぼ》った。次《つぎ》のA《エー》フレームやウォールも軽々《かるがる》とクリアし、次々《つぎつぎ》と他《ほか》の犬《いぬ》たちを追《お》い越《こ》していく。

まさおの走《はし》りに、観客《かんきゃく》がどよめいた。

「おっ！　おお!?」

河原《かわはら》と水希《みずき》もいつもと違《ちが》うまさおの走《はし》りっぷりに驚《おどろ》く。

まさおの勢《いきお》いに引《ひ》きずられていた松本《まつもと》も、まさおに並《なら》んで必死《ひっし》に走《はし》り出《だ》した。巨大《きょだい》なブリッジを一緒《いっしょ》に駆《か》け上《あ》がり、トップを走《はし》っていたドーベルマンを抜《ぬ》くと、最後《さいご》のハードルに向《む》かった。

「まさお君《くん》、行《い》けー！」

「頑張《がんば》れー!!」

観客《かんきゃく》のどよめきがいつしか声援《せいえん》に変《か》わり、

「まさおっ！　行《い》け行《い》けーーっ！」

水希《みずき》や河原《かわはら》、スタッフたちも必死《ひっし》に声《こえ》を枯《か》らして叫《さけ》んだ。

まさおはぐんぐんスピードを上《あ》げ、並《なら》べられたハードルを飛《と》び越《こ》えていく。

「まさお、頑張《がんば》れっ！」

松本《まつもと》もリードを引《ひ》きながら懸命《けんめい》に走《はし》った。ハードルを終《お》えた二人《ふたり》はそのまま駆《か》け抜《ぬ》け、ついにゴールテープを切《き》った。まさかの疾走《しっそう》に、観客《かんきゃく》から歓声《かんせい》と大《おお》きな拍手《はくしゅ》がわき起《お》こる。

「やったーーー!!」

松本《まつもと》は拳《こぶし》を振《ふ》り上《あ》げて全身《ぜんしん》で喜《よろこ》びを表《あらわ》し、

「やった！　やったよ、まさお！　すごいよ、一等賞《いっとうしょう》ぉぉーー!!」

息《いき》も切《き》れ切《ぎ》れに叫《さけ》んで、まさおを抱《だ》きしめた。

すると舌《した》を出《だ》してハァハァ言《い》っていたまさおが、突然力《とつぜんちから》なく地面《じめん》に伏《ふ》せた。

「……まさお？」

全力《ぜんりょく》を出《だ》し切《き》ってバテてしまったのかと思《おも》ったが、どこか様子《ようす》がおかしい。

「どうした？　まさお」

松本《まつもと》はまさおの体《からだ》を揺《ゆ》すった。しかし、まさおは目《め》を閉《と》じたままグッタリとして動《うご》かない。

「おいっ！　まさお！」

異変《いへん》に気《き》づいた観客《かんきゃく》たちがざわつき、水希《みずき》と河原《かわはら》が駆《か》け寄《よ》ってきた。大会《たいかい》の関係者《かんけいしゃ》も歩《あゆ》み寄《よ》ってくる。

「まさおっ！　どうしたんだ!?　おいっ、まさお!!」

松本《まつもと》はまさおの体《からだ》を揺《ゆ》すりながら、何度《なんど》も懸命《けんめい》に呼《よ》びかけた——。


松本《まつもと》たちはまさおをロケバスに運《はこ》び、『WAN NYAN《ワンニャン》』のかかりつけの動物病院《どうぶつびょういん》に直行《ちょっこう》した。

獣医《じゅうい》はまさおを診察台《しんさつだい》に横《よこ》たわらせて診察《しんさつ》をはじめた。松本《まつもと》たちは診察台《しんさつだい》の周《まわ》りで不《ふ》安《あん》そうにまさおを見《み》つめる。

「まあ、二《に》・三日《さんにち》ゆっくり休《やす》ませることですね」

診察《しんさつ》を終《お》えた獣医《じゅうい》はそう言《い》うと、カルテに書《か》きこんだ。

「ああ……よかったぁ」

河原《かわはら》がホッと胸《むね》をなでおろし、松本《まつもと》はまさおの頭《あたま》を優《やさ》しくなでた。

「今日《きょう》のおまえ、すごかったもんな」

診察台《しんさつだい》に横《よこ》たわったまさおは松本《まつもと》をじっと見《み》つめ、元気《げんき》に振《ふ》る舞《ま》おうと口《くち》をパクパクと小《ちい》さく動《うご》かした。

「いいよ。ゆっくり休《やす》んでろ」

松本《まつもと》が声《こえ》をかけて体《からだ》をなでると、まさおは安心《あんしん》したように静《しず》かに目《め》を閉《と》じた。

「一応《いちおう》、もっと詳《くわ》しく検査《けんさ》してもらえますか？」

まさおの体調管理《たいちょうかんり》が必要《ひつよう》だと実感《じっかん》した河原《かわはら》は獣医《じゅうい》にお願《ねが》いした。獣医《じゅうい》が立《た》ち上《あ》がり、

「そうですね。そうしておきましょうか」とまさおの体《からだ》をなでる。

「他《ほか》にもどっか悪《わる》いとこあるんですかね？」

松本《まつもと》が獣医《じゅうい》にたずねると、獣医《じゅうい》はまさおを見《み》て微笑《ほほえ》んだ。

「動物《どうぶつ》だから、ちょっとしたストレスで体調《たいちょう》を崩《くず》すこともあるから。——これが初《はじ》めてじゃないしね」

「え……？」

獣医《じゅうい》の思《おも》いがけない言葉《ことば》に、松本《まつもと》は目《め》を見張《みは》った。


『WAN《ワン》 NYAN《ニャン》』を訪《おとず》れた松本《まつもと》は階段《かいだん》を駆《か》け上《あ》がり、ノックもせずに社長室《しゃちょうしつ》のドアを開《あ》けた。

デスクで電話《でんわ》をかけていた辻《つじ》が驚《おどろ》いて振《ふ》り返《かえ》る。

「じゃあ、検討《けんとう》してもらって、また連絡《れんらく》ください。はい、はい」

と電話《でんわ》を切《き》り、松本《まつもと》の方《ほう》に体《からだ》を向《む》き直《なお》した。

「どしたの？」

「何《なん》で言《い》ってくれなかったんですか」

「何《なに》が？」

「まさお、前《まえ》にも同《おな》じことがあったって」

松本《まつもと》が詰《つ》め寄《よ》ると、辻《つじ》は「……ああ」と思《おも》い出《だ》したようにつぶやいた。

「あれは、まさおもこれからってときで、休《やす》んでられなかったでしょ」

しれっとした態度《たいど》にカッとなった松本《まつもと》は、思《おも》わず辻《つじ》の襟首《えりくび》をつかんだ。

「何《なん》で話《はな》してくれなかったんですか!?」

「話《はな》したらどうだって言《い》うんだよ！」

辻《つじ》は松本《まつもと》の手《て》をほどいて怒鳴《どな》った。

「まさおは商品《しょうひん》じゃないんです。俺《おれ》の友達《ともだち》なんですよ！」

「じゃあ君《きみ》は一緒《いっしょ》にいて、気《き》づかなかったのか？」

松本《まつもと》の訴《うった》えに辻《つじ》はデスクを離《はな》れ、松本《まつもと》の前《まえ》に立《た》つと厳《きび》しい眼差《まなざ》しを向《む》けた。

「友達《ともだち》って、まさおに何《なに》かしてやったことあんの？」

辻《つじ》の言葉《ことば》に松本《まつもと》はドキッとした。

（そう言《い》われてみれば……俺《おれ》、まさおに何《なに》かしてあげたことあったっけ……？）

松本《まつもと》が目《め》を伏《ふ》せると、辻《つじ》はフンと鼻《はな》を鳴《な》らした。

「友達《ともだち》だとか家族《かぞく》だとか、そんなの誰《だれ》でも言《い》えるんだよ」

吐《は》き捨《す》てるように言《い》われた松本《まつもと》は、反論《はんろん》することができず、ただ黙《だま》ってうつむいていた。


その晩《ばん》。松本《まつもと》は布団《ふとん》にもぐりこみ、辻《つじ》の言葉《ことば》を思《おも》い返《かえ》していた。

この一年間《いちねんかん》。まさおと旅《たび》をしてきて、誰《だれ》よりも長《なが》く一緒《いっしょ》に過《す》ごしてきたのは、この俺《おれ》だ。

最初《さいしょ》の頃《ころ》は言《い》うことを聞《き》かないしハチャメチャな行動《こうどう》ばかりして、こんなヤツとは一《いっ》緒《しょ》にやっていけないと思《おも》ったけど……今《いま》はコンビで、かけがえのない友達《ともだち》だ。

俺《おれ》がつらいときはいつもそばにいて、励《はげ》ましてくれた。

崖《がけ》に落《お》ちたときは誰《だれ》よりも先《さき》に駆《か》けつけてくれたし、里美《さとみ》と別《わか》れたときも同《おな》じ布団《ふとん》で一緒《いっしょ》に過《す》ごしてくれた。

まさおがいなかったらもっと落《お》ち込《こ》んでただろうし、芸人《げいにん》として一人《ひとり》でやっていけたかどうかもわからない。

それなのに……松本《まつもと》は布団《ふとん》をギュッと強《つよ》くつかんだ。

俺《おれ》がまさおにしてやったことといえば、名前入《なまえい》りのバンダナをプレゼントしたくらいだ。たかがバンダナ一枚《いちまい》あげたくらいで友達《ともだち》ヅラして、あいつの健康状態《けんこうじょうたい》を気遣《きづか》ってやることすらできなかった……。

松本《まつもと》はくやしさで顔《かお》をゆがめ、唇《くちびる》をかんだ。そして、考《かんが》える。

──俺《おれ》があいつにしてやれることって何《なん》だろう。

今《いま》、まさおが一番望《いちばんのぞ》んでいるものは何《なん》なんだろう……。

数日間考《すうじつかんかんが》えた末《すえ》、松本《まつもと》はまさおを連《つ》れて『太陽《たいよう》の家《いえ》』を再《ふたた》び訪《おとず》れた。

庭《にわ》で遊《あそ》んでいた子《こ》どもたちは松本《まつもと》とまさおの姿《すがた》を見《み》つけると、

「わぁ〜！　まさお！」

「松本《まつもと》くん！」

すぐに笑顔《えがお》になって近寄《ちかよ》ってきた。

まさおはダイアンに近寄《ちかよ》って鼻《はな》をこすり合《あ》わせ、仲良《なかよ》く並《なら》んで走《はし》りはじめた。子《こ》どもたちも二匹《にひき》を追《お》いかけて一緒《いっしょ》に走《はし》り回《まわ》る。

松本《まつもと》は嬉《うれ》しそうに尻尾《しっぽ》を振《ふ》っているまさおを見《み》つめ、意《い》を決《けっ》したように院長《いんちょう》の町村《まちむら》に歩《あゆ》み寄《よ》った。

「……俺《おれ》、バカなりにいろいろ考《かんが》えたんですけど、まさおはダイアンのこと、すっげえ好《す》きです。そういうこと以上《いじょう》に大切《たいせつ》なことってないんじゃないかって」

この数日間《すうじつかん》、まさおが一番望《いちばんのぞ》んでいることは何《なん》だろうってずっと考《かんが》えていた。そして頭《あたま》に浮《う》かんだのは、ダイアンと仲《なか》むつまじく寄《よ》り添《そ》うまさおの姿《すがた》だった。

それなら、俺《おれ》がまさおにしてやれることは一《ひと》つしかない――。

松本《まつもと》はリュックの持《も》ち手《て》をギュッと強《つよ》く握《にぎ》りしめた。

「俺《おれ》と同《おな》じ後悔《こうかい》をまさおにはしてほしくないんです。そりゃあ、ダイアンがお見合《みあ》いするっていうのはわかってるんですけど――」

「それなら、破談《はだん》になりましたよ」

「え？」

「ダイアンが掛《か》け合《あ》いをどうしても嫌《いや》がりましてね。あんな姿《すがた》は見《み》せてくれんのですわ」

町村《まちむら》はそう言《い》ってダイアンとまさおを見《み》た。

二匹《にひき》はピッタリ寄《よ》り添《そ》い、仲良《なかよ》く庭《にわ》を歩《ある》いている。それは誰《だれ》が見《み》ても、恋人同士《こいびとどうし》のようだった。

(そっか。やっぱりダイアンもまさおのことが……)

まさおとダイアンの気持《きも》ちを改《あらた》めて知《し》った松本《まつもと》の胸《むね》に、ジーンと熱《あつ》いものが込《こ》み上《あ》げてきて、思《おも》わず涙《なみだ》ぐみそうになった。

「辛気《しんき》くせえな、松本君《まつもとくん》」

驚《おどろ》いて振《ふ》り返《かえ》ると——敦史《あつし》が両目《りょうめ》に五十円玉《ごじゅうえんだま》をはさんで立《た》っていて、松本《まつもと》と町村《まちむら》は思《おも》わず吹《ふ》き出《だ》した。

「こういうときは、笑《わら》いが一番《いちばん》なんじゃね？」

敦史《あつし》の後《うし》ろには、同《おな》じように両目《りょうめ》に五十円玉《ごじゅうえんだま》をはさんだ子《こ》どもたちが並《なら》んでいた。

「……人《ひと》の持《も》ちネタ、勝手《かって》にパクんじゃねえよ」

松本《まつもと》は笑顔《えがお》になりながら、敦史《あつし》から五十円玉《ごじゅうえんだま》をかすめ取《と》った。敦史《あつし》もニッと笑《わら》う。

「ダイアンとまさおは、俺《おれ》たちに任《まか》せてよ」

「任《まか》せてよ！」

敦史《あつし》の言葉《ことば》に子《こ》どもたちが続《つづ》き、松本《まつもと》は顔《かお》をほころばせながら何度《なんど》もうなずいた。

その日《ひ》の午後《ごご》。急《きゅう》きょ、太陽《たいよう》の家《いえ》でまさおとダイアンの結婚式《けっこんしき》を行《おこな》うことになった。

子《こ》どもたちは〈まさお＆ダイアン　結婚《けっこん》おめでとう〉と書《か》かれた横断幕《おうだんまく》を作《つく》り、そこにまさおとダイアン、そして自分《じぶん》たちの似顔絵《にがおえ》を描《か》き加《くわ》え、周《まわ》りを折《お》り紙《がみ》やティッシュで作《つく》った花《はな》で飾《かざ》った。

タキシードを着《き》たまさおが待《ま》つ食堂《しょくどう》に、ウェディングドレス姿《すがた》のダイアンが現《あらわ》れると、まさおは興奮《こうふん》したようにワンワン吠《ほ》えた。

「まさおっ、落《お》ち着《つ》け！」

神父役《しんぷやく》の松本《まつもと》が慌《あわ》ててまさおをなだめる。

みんなで手作《てづく》りしたバージンロードを町村《まちむら》とダイアンが歩《ある》き進《すす》み、松本《まつもと》の前《まえ》でまさおとダイアンが並《なら》んで座《すわ》ると、松本《まつもと》はウウンッと咳払《せきばら》いをした。

「え～、まさお。あなたはその健《すこ》やかなときも、病《や》めるときも……えーと、このあと何《なん》だっけ？　まあいいや。つまり、永遠《えいえん》にダイアンを愛《あい》することを誓《ちか》いますか？」

まさおは元気《げんき》よくワンッとほえた。

「では、ダイアン。あなたも永遠《えいえん》にまさおを愛《あい》することを誓《ちか》いますか？」

ダイアンもワンッと返事《へんじ》をする。

「それではここに誓《ちか》いの手形《てがた》を」

松本《まつもと》はまさおとダイアンの前足《まえあし》を持《も》ち上《あ》げて肉球《にくきゅう》にインクをつけ、子《こ》どもたちが作《つく》った結婚証明書《けっこんしょうめいしょ》に押《お》した。

「これでまさおとダイアンを正式《せいしき》に夫婦《ふうふ》と認《みと》めます！」

「まさお、ダイアンおめでとー！」

「おめでとー！」

子供《こども》たちはお手製《てせい》の紙吹雪《かみふぶき》をまさおとダイアンに向《む》かってまいた。するとまさおが落《お》ちてきた紙吹雪《かみふぶき》を食《た》べようとして、

「こらまさおっ、食《く》うな！」

松本《まつもと》が慌《あわ》てて止《と》めた。紙吹雪《かみふぶき》にはしゃぐまさおを見《み》て、子供《こども》たちからどっと笑《わら》いが起《お》きた。

最後《さいご》に庭《にわ》に出《で》て記念写真《きねんしゃしん》を撮《と》ることになった。

まさおとダイアンを真《ま》ん中《なか》に座《すわ》らせ、横断幕《おうだんまく》を持《も》った子《こ》どもたちが並《なら》ぶ。

松本《まつもと》は三脚《さんきゃく》にカメラをセットして、液晶画面《えきしょうがめん》を覗《のぞ》いた。

「まさお！　ダイアン！　こっちこっち！」

手《て》を振《ふ》りながらタイマーをセットすると、カメラの前《まえ》を走《はし》ってまさおとダイアンの後《うし》ろに並《なら》んだ。

「せーのっ」

「まさお、ダイアン、おめでとう！」

松本《まつもと》の合図《あいず》で全員《ぜんいん》がカメラに向《む》かって叫《さけ》び、シャッターが切《き》られた。

「よかったな、まさお」

写真《しゃしん》を撮《と》り終《お》え、松本《まつもと》はまさおのそばにしゃがみ込《こ》んで話《はな》しかけた。

「おまえはダイアンと幸《しあわ》せになれよ」

まさおの頭《あたま》をなでながら、松本《まつもと》は里美《さとみ》の顔《かお》を思《おも》い浮《う》かべた。

――今《いま》ごろ、里美《さとみ》はどうしてるんだろう。

もう俺《おれ》のことなんて、忘《わす》れちまったのかな……。

松本《まつもと》が思《おも》いにふけっていると、まさおが松本《まつもと》の頬《ほお》をペロッとなめた。

「おい、まさお。くすぐったいよ」

松本《まつもと》がよけようとしても、まさおは松本《まつもと》に足《あし》をかけてペロペロなめてくる。そのしぐさは、自分《じぶん》を励《はげ》まそうとしているように思《おも》えた。

「ありがとな」

松本《まつもと》はまさおの首《くび》に手《て》を回《まわ》し、ギュッと抱《だ》きしめた。

8.

東京《とうきょう》タウンテレビのスタッフルームでは、水希《みずき》とスタッフが視聴者《しちょうしゃ》から届《とど》いたファックスや手紙《てがみ》を整理《せいり》していた。

「うわっ。読《よ》みにくっ」

達筆《たっぴつ》な文字《もじ》で書《か》かれたハガキを手《て》にした水希《みずき》は思《おも》わず顔《かお》をしかめ、「河原《かわはら》さん」と立《た》ち上《あ》がった。

河原《かわはら》はデスクで競馬《けいば》の実況《じっきょう》をイヤホンで聞《き》きながら、競馬新聞《けいばしんぶん》を読《よ》んでいた。

「河原《かわはら》さん！」

デスクの横《よこ》で水希《みずき》が声《こえ》をかけると、河原《かわはら》は「えっ？」と驚《おどろ》いてイヤホンを外《はず》した。

「何《なに》か、年配《ねんぱい》の方《かた》から投書《とうしょ》が来《き》てるんですけど」

「何《なん》て？」

水希《みずき》はウンッと咳払《せきばら》いをしてハガキを読《よ》み上《あ》げた。

「天高《てんたか》く、馬肥《うまこ》ゆる秋《あき》……えっと……」

「え、だから要《よう》は何《なん》だって？」

「えっと……孫《まご》の秀樹《ひでき》がいつもお世話《せわ》になり……え？」

驚《おどろ》いた水希《みずき》はハガキをひっくり返《かえ》して差出人《さしだしにん》の名前《なまえ》を見《み》た。

「……ってこれ、松本《まつもと》さんのおばあちゃんじゃないですか！」

ハガキを受《う》け取《と》った河原《かわはら》も〈松本《まつもと》きぬ〉という名前《なまえ》を見《み》てハハッと笑《わら》った。

「松本《まつもと》の実家《じっか》かぁ……。水希《みずき》、おまえの仕切《しき》りで行《い》ってみるか？」

「え？　あたしがですか？」

突然《とつぜん》の抜擢《ばってき》に水希《みずき》が驚《おどろ》くと、河原《かわはら》はイヤホンを耳《みみ》に戻《もど》した。

「俺《おれ》は競馬《けいば》に集中《しゅうちゅう》したい」

河原《かわはら》に初《はじ》めて仕事《しごと》を任《まか》された水希《みずき》は、松本《まつもと》の祖母《そぼ》からのハガキを見《み》て嬉《うれ》しそうに微笑《ほほえ》んだ。

松本《まつもと》の故郷《こきょう》でロケをすることが決《き》まり、ロケバスは数時間《すうじかん》かけてようやく松本《まつもと》の実家《じっか》がある山里《やまざと》に到着《とうちゃく》した。

実家《じっか》の前《まえ》にロケバスを停《と》めて車《くるま》のドアを開《あ》けると、まさおがいち早《はや》く飛《と》び出《だ》して、家《いえ》の前《まえ》で待《ま》っていた祖母《そぼ》のきぬに駆《か》け寄《よ》った。

「まさお！　あーよく来《き》たねぇ、よく来《き》たねぇ」

きぬは大《おお》はしゃぎして、駆《か》け寄《よ》ってきたまさおの体《からだ》をなで回《まわ》した。

「かわいいねぇ。あ、いつもお世話《せわ》になっとります」

ロケバスから降《お》りてきた河原《かわはら》と水希《みずき》に挨拶《あいさつ》をするきぬを見《み》て、松本《まつもと》はギョッとした。

「ばあちゃん、何《なん》て格好《かっこう》してんだ」

きぬは番組《ばんぐみ》の熱狂的《ねっきょうてき》なファンらしく、まさおのイラストが入《はい》った番組特製《ばんぐみとくせい》のキャップとT《ティー》シャツを着用《ちゃくよう》していた。

いくら孫《まご》が出《で》ている番組《ばんぐみ》とはいえ、その格好《かっこう》はないだろうと松本《まつもと》は恥《は》ずかしく思《おも》った。

「秀《ひで》、おめ、久《ひさ》しぶりに会《あ》って、なんて口聞《くちき》いてんだ」

きぬが口《くち》をとがらせていると、祐三《ゆうぞう》が玄関《げんかん》から出《で》てきた。水希《みずき》と河原《かわはら》が歩《あゆ》み寄《よ》って、会釈《えしゃく》をする。

「お父《とう》さん。いつもお世話《せわ》になってます」

「……息子《むすこ》ともども、バカで申《もう》し訳《わけ》ない」

祐三《ゆうぞう》は松本《まつもと》ときぬをチラリと見《み》て、頭《あたま》を深《ふか》く下《さ》げた。実直《じっちょく》な祐三《ゆうぞう》は松本《まつもと》とは対照的《たいしょうてき》で、河原《かわはら》と水希《みずき》は思《おも》わず顔《かお》を見合《みあ》わせた。


きぬと祐三《ゆうぞう》に挨拶《あいさつ》をした水希《みずき》たちはロケバスに乗《の》って民宿《みんしゅく》へ向《む》かい、松本《まつもと》とまさおは実家《じっか》に泊《と》まることになった。

久《ひさ》しぶりに実家《じっか》に帰《かえ》ってきた松本《まつもと》は、居間《いま》の仏壇《ぶつだん》にりんごを添《そ》え、母《はは》の写真《しゃしん》に手《て》を合《あ》わせた。

目《め》を開《あ》けると、横《よこ》に座《すわ》っていたまさおがよだれをたらしてりんごを見《み》つめている。

「取《と》ったらバチ当《あ》たるぞ、おまえ」

まさおはなぜか楽《たの》しそうにワンッとほえた。

「まさお、りんごならむいてやるから、こっちさ来《こ》い」

きぬがこたつの上《うえ》でりんごをむきはじめると、まさおはしっぽを振《ふ》って駆《か》け寄《よ》った。むいているそばからどんどん食《た》べていき、きぬもまさおの食《た》べっぷりに顔《かお》をほころばせて何個《なんこ》もむいた。

手持《ても》ち無沙汰《ぶさた》の松本《まつもと》は、新聞《しんぶん》の広告《こうこく》を縁側《えんがわ》に広《ひろ》げて足《あし》の爪《つめ》を切《き》り出《だ》した。ふと、一枚《いちまい》の広告《こうこく》に目《め》を留《と》める。

(里美《さとみ》……!?)

『ホテルニュー須永《すなが》　ブライダル見学会開催中《けんがくかいかいさいちゅう》』と書《か》かれた広告《こうこく》には、モデルとしてウエディングドレスを着《き》た里美《さとみ》の写真《しゃしん》が載《の》っていた。

「何《なに》これ、ホテルニュー須永《すなが》って」

松本《まつもと》は広告《こうこく》を手《て》に取《と》り、まじまじと見《み》つめた。

「ホテル須永《すなが》を改名《かいめい》して、今《いま》は結婚式《けっこんしき》なんかもやってんだ」

「改名《かいめい》って……ニュー付《つ》けただけじゃん」

松本《まつもと》があきれた顔《かお》で言《い》うと、きぬもハハッと笑《わら》った。

「須永《すなが》ん家《ち》の子《こ》も、お見合《みあ》いして、自分《じぶん》のとこで結婚式《けっこんしき》あげるって言《い》うとったよ」

「……へぇー、めでたいねぇ」

松本《まつもと》はあいづちを打《う》ちながら、里美《さとみ》の写真《しゃしん》に目《め》を落《お》とした。

――里美《さとみ》が見合《みあ》いして、結婚《けっこん》……。

現実《げんじつ》を突《つ》きつけられた松本《まつもと》は、目《め》の前《まえ》がぼやけて、ウェディングドレス姿《すがた》の里美《さとみ》が急《きゅう》に遠《とお》い存在《そんざい》に思《おも》えてきた。

別《わか》れてからも、里美《さとみ》を思《おも》い出《だ》さない日《ひ》は一日《いちにち》もなかった。何度《なんど》も電話《でんわ》しようと思《おも》ったけれど、何《なん》て言《い》えばいいのかわからなくて、結局一度《けっきょくいちど》も電話《でんわ》できなかった。

そうこうしてるうちに、里美《さとみ》は婿養子《むこようし》をとってホテルを継《つ》ぐ決心《けっしん》をしたのか……。

里美《さとみ》が実家《じっか》に帰《かえ》ると決《き》めた時点《じてん》で、いずれはこうなるとわかっていたはずだ。里美《さとみ》が決《き》めたことなら仕方《しかた》がない。もう俺《おれ》には何《なに》もしてやれない――……。

松本《まつもと》は広告《こうこく》を裏返《うらがえ》しにして床《ゆか》に置《お》くと、再《ふたた》び爪《つめ》を切《き》り始《はじ》めた。

きぬのそばでりんごを夢中《むちゅう》で食《た》べていたまさおは顔《かお》を上《あ》げ、寂《さび》しそうな松本《まつもと》の横顔《よこがお》をじっと見《み》つめていた。

夕方《ゆうがた》になり、松本《まつもと》は祐三《ゆうぞう》が椎茸栽培《しいたけさいばい》をしているビニールハウスに向《む》かった。

中《なか》へ入《はい》ると原木《げんぼく》が所狭《ところせま》しと並《なら》び、祐三《ゆうぞう》が黙々《もくもく》と原木《げんぼく》から生《は》えた椎茸《しいたけ》を刈《か》っていた。松《まつ》本《もと》も入《い》り口《ぐち》に置《お》かれたプラスチックのカゴを取《と》り、椎茸《しいたけ》を刈《か》りはじめた。

「もっと大事《だいじ》に扱《あつか》え」

松本《まつもと》の手《て》つきを横目《よこめ》で見《み》た祐三《ゆうぞう》が注意《ちゅうい》する。

「やってるよ」

松本《まつもと》はムッとしながらも、原木《げんぼく》に生《は》えた椎茸《しいたけ》に手《て》を伸《の》ばし、優《やさ》しくねじり取《と》った。

「……なあ、秀《ひで》」

祐三《ゆうぞう》は松本《まつもと》に背《せ》を向《む》けて椎茸《しいたけ》を取《と》りながら話《はな》しかけてきた。

「ん？」

松本《まつもと》も背《せ》を向《む》けたまま訊《き》き返《かえ》す。

「母《かあ》ちゃんが好《す》きだったのは、おまえの笑《わら》いじゃねえ。おまえが、幸《しあわ》せそうに人《ひと》を笑《わら》わせてるのが好《す》きだったんだ」

松本《まつもと》は椎茸《しいたけ》を取《と》る手《て》を止《と》めて、母《はは》が笑《わら》う姿《すがた》を思《おも》い浮《う》かべた。

俺《おれ》のギャグを見《み》るたびに、大笑《おおわら》いしてくれた母《かあ》ちゃん。俺《おれ》はその笑顔《えがお》が見《み》たくて、必《ひっ》死《し》で努力《どりょく》して笑《わら》わせようとしてた。

それは、母《かあ》ちゃんが死《し》んでからも同《おな》じだ。

舞台《ぶたい》に立《た》った俺《おれ》は、芸人《げいにん》として客《きゃく》を笑《わら》わせようと、ずっともがいてきた……。

祐三《ゆうぞう》は椎茸《しいたけ》をカゴの中《なか》に入《い》れると、小《ち》さく息《いき》をついた。

「それがわからねえうちは、俺《おれ》は反対《はんたい》し続《つづ》けようと思《おも》った。じゃねえと、おまえはずっと無理《むり》して人《ひと》を笑《わら》わせようとする。おまえはずっと無理《むり》して生《い》きてく」

「……今《いま》は、無理《むり》してねえ」

松本《まつもと》は振《ふ》り返《かえ》って、祐三《ゆうぞう》の背中《せなか》に言《い》った。

「まさおが教《おし》えてくれたんだ」

まさおと旅《たび》を続《つづ》けていくうちに、無理《むり》して笑《わら》わせようと気負《きお》ったり計算《けいさん》なんかしなくても、自分自身《じぶんじしん》が楽《たの》しんでまさおと正面《しょうめん》から思《おも》いきりぶつかっていけば、みんな笑《わら》ってくれるんだということに気《き》づいた。

まさおが、芸人《げいにん》にとって一番大切《いちばんたいせつ》なことを教《おし》えてくれたんだ。

「……そうか」

祐三《ゆうぞう》は振《ふ》り返《かえ》って松本《まつもと》を見《み》ると、口元《くちもと》をほんの少《すこ》し緩《ゆる》め、また椎茸《しいたけ》を取《と》り始《はじ》めた。松本《まつもと》も笑《え》みを浮《う》かべながら、目《め》の前《まえ》の椎茸《しいたけ》をもぎ取《と》った。

その夜《よる》。辻《つじ》はまさおの検査《けんさ》の結果《けっか》が出《で》たと聞《き》いて、動物病院《どうぶつびょういん》を訪《おとず》れた。

診療《しんりょう》を終《お》えた診察室《しんさつしつ》はいくらか照明《しょうめい》が落《お》とされ、デスクでカルテを書《か》いていた獣医《じゅうい》は
メガネを持《も》ち上《あ》げて目頭《めがしら》を押《お》さえた。

「とりあえず頼《たの》まれてたから、知《し》り合《あ》いの専門医《せんもんい》に採取《さいしゅ》した細胞《さいぼう》の検査《けんさ》を頼《たの》んでみたん
だよ」

「何《なに》か悪《わる》いとこあったの」

辻《つじ》がたずねると、獣医《じゅうい》は検査書類《けんさしょるい》に目《め》を落《お》として「うーん……」とうなった。

「初期段階《しょきだんかい》すぎて、判断《はんだん》しかねるとは言《い》ってたんだけど」

「何《なに》が」

はっきりしない獣医《じゅうい》に苛立《いらだ》った辻《つじ》は、差《さ》し出《だ》された書類《しょるい》をひったくるように取《と》った。

しかし書類《しょるい》には検査《けんさ》の数値《すうち》がずらりと並《なら》んでいて、素人《しろうと》では何《なに》が何《なん》だかわからない。

「はっきり言《い》ってよ」

「……あくまでも推察《すいさつ》ですよ」

獣医《じゅうい》は小《ちい》さく息《いき》をつき、メガネを取《と》った目《め》で辻《つじ》を見据《みす》えた。

「まさおは、ガンの可能性《かのうせい》があります」

9.

翌日《よくじつ》。ロケバスは松本《まつもと》とまさおを乗《の》せて国道《こくどう》を走《はし》っていた。

まさおが窓《まど》の外《そと》を見《み》ていると、松本《まつもと》は窓《まど》を開《あ》け、まさおの前足《まえあし》を持《も》ち上《あ》げて窓《まど》から出《だ》した。

「まさお。六十《ろくじゅう》キロで走《はし》ると、おっぱい揉《も》んでる感《かん》じなんだぞ」

「そこっ。つまらないこと教《おし》えない！」

助手席《じょしゅせき》の水希《みずき》がすかさず突《つ》っ込《こ》む。松本《まつもと》はニヤニヤしながらまさおの前足《まえあし》を風《かぜ》に当《あ》てた。

やがてロケバスは国道《こくどう》から外《はず》れて細《ほそ》めの道《みち》に入《はい》った。しばらく進《すす》んでいくと、ホテルニュー須永《すなが》の建物《たてもの》が見《み》えてきて、松本《まつもと》はドキ…ッとした。

木々《きぎ》に囲《かこ》まれ落《お》ち着《つ》いた雰囲気《ふんいき》のホテルの入《い》り口《ぐち》には赤《あか》いじゅうたんが敷《し》かれ、その上《うえ》をウェディングドレスを着《き》た女性《じょせい》がホテルスタッフに連《つ》れられて歩《ある》いていく。

その女性《じょせい》の横顔《よこがお》が里美《さとみ》に見《み》えて、松本《まつもと》は「え……」と小《ちい》さく声《こえ》を上《あ》げた。脳裏《のうり》にきぬの言葉《ことば》がよぎる。

『須永《すなが》ん家《ち》の子《こ》も、お見合《みあ》いして、自分《じぶん》のとこで結婚式《けっこんしき》あげるって言《い》うとったよ』

ロケバスがホテルを通《とお》り過《す》ぎ、松本《まつもと》はまさおの前足《まえあし》を下《お》ろして前《まえ》に向《む》き直《なお》した。

（今日《きょう》が結婚式《けっこんしき》だったのか……）

よりによって自分《じぶん》が帰《かえ》ってきたときに結婚式《けっこんしき》を挙《あ》げるなんて、神様《かみさま》も意地悪《いじわる》なことするもんだ。

（本当《ほんとう》に……結婚《けっこん》しちまうんだな……）

松本《まつもと》が肩《かた》を落《お》としていると、突然《とつぜん》、まさおが吠《ほ》えた。遠《とお》ざかるホテルを見《み》ながら、ワンワン吠《ほ》えまくる。

「まさお。いいんだよ。静《しず》かにしろ」

するとまさおは座席《ざせき》から身《み》を乗《の》り出《だ》し、窓《まど》から外《そと》へ飛《と》び出《だ》そうとした。

「危《あぶ》ない、まさお！」

松本《まつもと》がまさおを後《うし》ろから抱《かか》え込《こ》んで足元《あしもと》に下《お》ろそうとすると、まさおが暴《あば》れて助手席《じょしゅせき》に逃《に》げ込《こ》んだ。

「おい、危《あぶ》ない！　停《と》めろ！」

後部席《こうぶせき》にいた河原《かわはら》が叫《さけ》び、運転手《うんてんしゅ》が車《くるま》を停《と》める。まさおは松本《まつもと》の手《て》をすり抜《ぬ》けて、窓《まど》から飛《と》び出《だ》した。来《き》た道《みち》を猛《もう》スピードで走《はし》っていく。

「ちょっ、まさお！」

松本《まつもと》も慌《あわ》てて車《くるま》から降《お》りて、まさおを追《お》いかけた。

まさおはホテルニュー須永《すなが》のエントランスへと続《つづ》く通路《つうろ》を駆《か》け抜《ぬ》け、正面玄関《しょうめんげんかん》のガラス扉《とびら》を開《あ》けようと前足《まえあし》でひっかいた。しかし自動《じどう》ドアなので開《ひら》かず、まさおは扉《とびら》に向《む》かって吠《ほ》えた。

「何《なに》やってんだよっ、まさお！」

追《お》いついた松本《まつもと》がまさおを捕《つか》まえようと扉《とびら》の前《まえ》に立《た》ったとたん、あっけなく扉《とびら》が開《ひら》いて、まさおはホテルの中《なか》へ駆《か》け出《だ》した。

「まさおっ！」

まさおはロビーを突《つ》っ走《ぱし》り、すれ違《ちが》う客《きゃく》たちが驚《おどろ》いて次々《つぎつぎ》と悲鳴《ひめい》を上《あ》げた。その声《こえ》にホテルスタッフが駆《か》けつけ、

「ちょっと、あんた！」

ロビーに抜《ぬ》けようとした松本《まつもと》に組《く》み付《つ》いた。

「違《ちが》うでしょ！　俺《おれ》止《と》めるんじゃなくて、犬《いぬ》っ！　まさお！」

「ええっ!?」

松本《まつもと》はホテルスタッフを振《ふ》り払《はら》って、まさおを追《お》いかけた。まさおはロビーの奥《おく》のラウンジを駆《か》け抜《ぬ》けていく。

「ちょっ、すみません！　すみません！」

松本《まつもと》も驚《おどろ》いている客《きゃく》をすり抜《ぬ》け、ソファの間《あいだ》を駆《か》け抜《ぬ》けた。

コックがローストビーフをワゴンに乗《の》せて運《はこ》んでいると、背後《はいご》から突然何《とつぜんなに》かが走《はし》り抜《ぬ》けて行《い》き、「わぁ!」と驚《おどろ》いて飛《と》び上《あ》がった。

「え……な、何《なに》……?」

ずれたコック帽《ぼう》を直《なお》しながら、おそるおそる廊下《ろうか》の曲《ま》がった先《さき》を覗《のぞ》いてみる。すると、まさおが待《ま》ち構《かま》えていた。

「い、い、犬《いぬ》——!!」

ワゴンに駆《か》け寄《よ》ったまさおは前足《まえあし》をかけ、皿《さら》に乗《の》せられたローストビーフをがつがつと食《た》べはじめた。

「ダ、ダメ! そんなに食《た》べちゃダメ! あぁっ!!」

コックの叫《さけ》びもむなしく、まさおはあっという間《ま》に平《たい》らげると、また廊下《ろうか》を走《はし》っていった。

まさおを捜《さが》してホテル内《ない》を駆《か》け回《まわ》っていた松本《まつもと》は、人気《ひとけ》のないレストランへ入《はい》っていった。

「どこにいんだよっ！　まさお！　出《で》て来《こ》いっ！」

テーブルの下《した》をのぞきこみながら奥《おく》へ進《すす》んでいくと、やがてガーデンプールに出《で》た。

プールを囲《かこ》んで何《なに》やら正装《せいそう》した人《ひと》が集《あつ》まっている。

「すみません、すみません」

松本《まつもと》は人《ひと》の脇《わき》をすり抜《ぬ》けてプールの方《ほう》へ進《すす》んだ。すると、プールに突《つ》き出《で》た花道《はなみち》で、今《いま》まさに新郎《しんろう》と花嫁《はなよめ》が、神父《しんぷ》の前《まえ》で誓《ちか》いの言葉《ことば》を述《の》べているところだった。

「……里美《さとみ》」

ベールをかぶった花嫁《はなよめ》の横顔《よこがお》が里美《さとみ》に見《み》えた。誓《ちか》いの言葉《ことば》が終《お》わり、新郎《しんろう》が花嫁《はなよめ》に指輪《ゆびわ》をはめようとする。

松本《まつもと》は思《おも》わず目《め》をつぶり、拳《こぶし》を握《にぎ》りしめた。

里美《さとみ》が結婚《けっこん》してしまう。十年間《じゅうねんかん》、ずっと一緒《いっしょ》にいたのに、大好《だいす》きだったのに、こんなにあっけなく誰《だれ》かのものになっちまうなんて……そんなの……！

「……俺《おれ》、やっぱり諦《あきら》めきれねえっ！」

松本《まつもと》の言葉《ことば》に、参列客《さんれつきゃく》たちが驚《おどろ》いて振《ふ》り返《かえ》った。松本《まつもと》は花道《はなみち》に向《む》かって走《はし》り、新郎《しんろう》と花嫁《はなよめ》の前《まえ》に立《た》った。

「俺《おれ》、やっぱり里美《さとみ》のことを……！」

松本《まつもと》が顔《かお》を上《あ》げると、目《め》の前《まえ》の花嫁《はなよめ》が振《ふ》り返《かえ》る。しかしそれは、里美《さとみ》とは似《に》ても似《に》つかない顔《かお》の花嫁《はなよめ》だった。

「……誰《だれ》。しかもブス！」

「何《なに》してんだ、秀坊《ひでぼう》っ！」

振《ふ》り返《かえ》った新郎《しんろう》は、真一《しんいち》だった。

「……真《しん》ちゃんの結婚式《けっこんしき》？」

松本《まつもと》がぽかんと口《くち》を開《あ》けていると、花嫁《はなよめ》がキッとにらみつけた。

「ちょっと、誰《だれ》よこいつ。しかもブスって！」

そのとき、プールの向《む》こうの参列者《さんれつしゃ》の中《なか》から、ドレス姿《すがた》の里美《さとみ》が出《で》てきた。松本《まつもと》の姿《すがた》を見《み》て「秀《ひで》くん……」と驚《おどろ》いている。

結婚式《けっこんしき》を中断《ちゅうだん》させられた真一《しんいち》がゆでダコのように顔《かお》を真《ま》っ赤《か》にした。

「おいっ！　おまえなんか呼《よ》んでねえぞ！　今《いま》すぐ出《で》て行《い》け！」

「あ、あの……」

松本《まつもと》が事情《じじょう》を説明《せつめい》しようとしたとき、突然《とつぜん》、参列者《さんれつしゃ》から「きゃあ！」「わぁ！」と悲《ひ》鳴《めい》が上《あ》がった。

まさおが参列客《さんれつきゃく》の足元《あしもと》をすり抜《ぬ》け颯爽《さっそう》と駆《か》けてきて、松本《まつもと》の前《まえ》でちょこんと腰《こし》を下《お》ろす。

「まさおぉ……っ！」

ようやくまさおを見《み》つけた松本《まつもと》はハァ……と息《いき》をついた。まさおの視線《しせん》は松本《まつもと》を通《とお》り越《こ》し、プールの向《む》こうを見《み》ている。

「何《なに》……里美《さとみ》？」

松本《まつもと》が里美《さとみ》の方《ほう》を振《ふ》り返《かえ》ると、まさおがダッシュした。里美《さとみ》に向《む》かってプールサイドを走《はし》っていく。

「まさおっ、待《ま》て！」

まさおはプールサイドに並《なら》んだテーブルに足《あし》をかけ、オードブルに食《く》らいついた。テーブルが倒《たお》れて皿《さら》やフォークが派手《はで》な音《おと》を立《た》てて床《ゆか》に落《お》ち、里美《さとみ》は思《おも》わず「きゃっ！」と手《て》で顔《かお》を覆《おお》った。参列客《さんれつきゃく》たちに囲《かこ》まれたまさおが、床《ゆか》に落《お》ちたオードブルをガツガツと食《た》べていく。

「まさおっ！」

松本《まつもと》がまさおを追《お》おうとすると、ロビーから追《お》いかけてきたホテルスタッフが「こらっ！　やめなさい！」と松本《まつもと》を羽交《はが》い絞《し》めにした。

「ちょっ！　離《はな》せ！」

松本《まつもと》が振《ふ》りほどいた勢《いきお》いで、ホテルスタッフがバランスを崩《くず》し、「わあぁぁ！」とプールへ落《お》ちていった。

「ちょっと！　どうなってんのよ！　どうにかしなさいよ！」

怒《おこ》った花嫁《はなよめ》が花道《はなみち》で暴《あば》れ出《だ》し、抑《おさ》えようとした神父《しんぷ》も「オーマイゴッド！」とプールに落《お》ちていく。

「誰《だれ》でもいいから、捕《つか》まえろ！」

真一《しんいち》は花道《はなみち》からまさおを指差《ゆびさ》して、プールサイドへ飛《と》び出《だ》した。まさおは捕《つか》まえようとする参列客《さんれつきゃく》をすり抜《ぬ》け、里美《さとみ》に向《む》かって走《はし》っていく。

「まさおっ！　待《ま》てって！」

まさおを追《お》ってプールの角《かど》を曲《ま》がった松本《まつもと》が転《ころ》び、さらに後《うし》ろから追《お》いかけていた真一《しんいち》が松本《まつもと》につまずいて折《お》り重《かさ》なるように倒《たお》れた。

「もぉ誰《だれ》か、その犬《いぬ》を捕《つか》まえてよ！　早《はや》く！」

花嫁《はなよめ》が怒声《どせい》を張《は》り上《あ》げ、参列客《さんれつきゃく》は悲鳴《ひめい》を上《あ》げながら逃《に》げまどい、会場《かいじょう》は完全《かんぜん》にパニック状態《じょうたい》になっていた。

そこにまさおと松本《まつもと》を追《お》いかけてきた河原《かわはら》たちがやってきて、めちゃくちゃになった会場《かいじょう》を見《み》て唖然《あぜん》とする。

「あーあー、やってるな。おい、これカメラ回《まわ》そう回《まわ》そう！」

面白《おもしろ》がった河原《かわはら》がスタッフに声《こえ》をかけると、

「まさお、押《お》さえて！」

水希《みずき》もすばやく指示《しじ》した。スタッフたちはビデオカメラとガンマイクを持《も》ってプールサイドへ向《む》かう。

まさおは里美《さとみ》の前《まえ》に置《お》かれていたウェディングケーキに手《て》をかけ、テーブルごとひっくり返《かえ》した。

「あーもう！　誰《だれ》か何《なん》とかしなさいよおぉぉっ！」

と花嫁《はなよめ》が地団太《じだんだ》を踏《ふ》む。

「まさおくん！」

里美《さとみ》はまさおの前《まえ》にしゃがみ込《こ》んだ。すると、まさおは里美《さとみ》のストールをくわえ、松《まつ》本《もと》の方《ほう》へ走《はし》り出《だ》した。

「まさおくんっ、待《ま》って！」

プールサイドを逆戻《ぎゃくもど》りするまさおの前《まえ》に、椅子《いす》を持《も》ち上《あ》げた真一《しんいち》が立《た》ちはだかった。

「このバカ犬《いぬ》っ！　たたき落《お》としてやるっ！」

「真《しん》ちゃん、やめろ！」

起《お》き上《あ》がった松本《まつもと》が真一《しんいち》に飛《と》びかかったが、体格《たいかく》のいい真一《しんいち》にあっさり振《ふ》り払《はら》われて、また倒《たお》れる。

まさおは真一《しんいち》に向《む》かって大《おお》きく吠《ほ》え、真一《しんいち》のズボンに噛《か》みついた。

「うわあぁぁぁ！」

ズボンをくわえたまさおが頭《あたま》を左右《さゆう》に振《ふ》り、ズボンがどんどんずり落《お》ちていく。

「まさおっ！」

「まさおくん、やめて！　お兄《にい》ちゃんも落《お》ち着《つ》いて！」

里美《さとみ》の叫《さけ》びもむなしく、真一《しんいち》のズボンは足元《あしもと》に落《お》ちて、真《ま》っ赤《か》なトランクスがあらわになった。

さらにずり落《お》ちたズボンに足《あし》をひっかけた真一《しんいち》はバランスを崩《くず》し、

「わぁぁぁ！　助《たす》けて、助《たす》けてぇ！」

と手《て》を振《ふ》り回《まわ》しながらドボォォン！　とプールへ落《お》ちていった。

「何《なに》やってんのよぉ！」

溺《おぼ》れている真一《しんいち》に花嫁《はなよめ》が声《こえ》を荒《あら》らげると、まさおが振《ふ》り返《かえ》った。

「……何見《なにみ》てんだよ」

まさおとにらみ合《あ》った花嫁《はなよめ》はウ～ッとうなり、まさおに向《む》かって「ワン！」と吠《ほ》えた。

するとまさおが花道《はなみち》に向《む》かって猛《もう》ダッシュする。

「やめろ、まさおっ！」

「まさおくんっ！」

松本《まつもと》と里美《さとみ》は慌《あわ》てて追《お》いかけた。プールサイドを駆《か》け抜《ぬ》けて花道《はなみち》に着《つ》いたまさおは、花嫁《はなよめ》に向《む》かってワンワン吠《ほ》え続《つづ》けた。

「あっち行《い》きなさいよ！　バカ犬《いぬ》っ！」

花嫁《はなよめ》が怒鳴《どな》りつけながらじりじりと後《あと》ずさる。

「まさお！」

花道《はなみち》にたどり着《つ》いた松本《まつもと》がまさおを後《うし》ろから押《お》さえたが、まさおはしつこく吠《ほ》え続《つづ》けた。

「里美《さとみ》ちゃん、何《なん》とかしてよコレ！」

「まさおくん、落《お》ち着《つ》いてっ」

花嫁《はなよめ》の横《よこ》に立《た》った里美《さとみ》がなだめようとすると、まさおは松本《まつもと》の腕《うで》をすり抜《ぬ》けてワン！と花嫁《はなよめ》に飛《と》びかかった。

「あぁぁ！」

背中《せなか》からプールに落《お》ちそうになった花嫁《はなよめ》が大《おお》きく手《て》を振《ふ》り回《まわ》した。里美《さとみ》がとっさにその腕《うで》をつかみ、里美《さとみ》の肩《かた》を松本《まつもと》が押《お》さえたが、重力《じゅうりょく》に耐《た》え切《き》れず三人《さんにん》ともプールへ豪快《ごうかい》に落《お》ちていった。

新郎新婦《しんろうしんぷ》が揃《そろ》ってプールに落《お》ち、そのあまりにも滑稽《こっけい》な姿《すがた》に思《おも》わず参列客《さんれつきゃく》たちから笑《わら》いが起《お》きた。

中《なか》にはビデオカメラを見《み》て撮影《さつえい》だと思《おも》った人《ひと》たちもいて拍手《はくしゅ》まで巻《ま》き起《お》こり、会場《かいじょう》は一転《いってん》して笑《わら》いの渦《うず》に包《つつ》まれた。

撮影《さつえい》スタッフも笑《わら》いながらビデオカメラを回《まわ》し、河原《かわはら》と水希《みずき》もまさおの派手《はで》な立《た》ち回《まわ》りに大笑《おおわら》いした。

「おい、おまえ笑《わら》ってるけど、めちゃくちゃだぞ？　いつからよくなったんだよ」

河原《かわはら》が水希《みずき》の肩《かた》をこづくと、水希《みずき》は得意《とくい》げな顔《かお》を向《む》けた。

「まさおの旅先《たびさき》に段取《だんど》りなんて通用《つうよう》しないですよ。それ、常識《じょうしき》ですから」

まさおのペースに巻《ま》き込《こ》まれながらもいつのまにか成長《せいちょう》していた水希《みずき》を、河原《かわはら》は頼《たの》もしく感《かん》じて思《おも》わず微笑《ほほえ》んだ。

「……里美《さとみ》」

松本《まつもと》は笑《わら》っている参列客《さんれつきゃく》たちにとまどいながら、水《みず》をかきわけて里美《さとみ》に近《ちか》づいた。

全身《ぜんしん》ずぶぬれになった里美《さとみ》も楽《たの》しんでいる参列客《さんれつきゃく》たちを見《み》て、あきれながらも思《おも》わず笑《わら》ってしまう。

「やっと笑《わら》わせてくれたね」

久《ひさ》しぶりに見《み》た里美《さとみ》の笑顔《えがお》だった。

その笑顔《えがお》を見《み》たとたん、松本《まつもと》の胸《むね》にじんわりと温《あたた》かいものがこみ上《あ》げてきた。

——里美《さとみ》の十年《じゅうねん》を無駄《むだ》にしてきたのかとか、あれこれ悩《なや》む必要《ひつよう》なんてなかった。

里美《さとみ》には、俺《おれ》のそばでずっと笑《わら》っていてほしい。ただ、それだけなんだ。

そんな単純《たんじゅん》だけど、大事《だいじ》な気持《きも》ちを里美《さとみ》に伝《つた》えなきゃいけなかった。

「これで終《お》わりじゃない。俺《おれ》は里美《さとみ》のこと、一生離《いっしょうはな》さない。一生笑《いっしょうわら》わせてやる。おまえだけは、死《し》んでも幸《しあわ》せにする」

「……もうそんな言葉《ことば》、お見合《みあ》いで聞《き》き飽《あ》きたよ」

里美《さとみ》は目《め》を真《ま》っ赤《か》にしながら口《くち》をとがらせた。

「聞《き》き飽《あ》きたけど、秀君《ひでくん》が言《い》ってくれるの、ずっと待《ま》ってた」

そう言《い》って涙《なみだ》をこぼして微笑《ほほえ》む。松本《まつもと》も笑《え》みを浮《う》かべ、見《み》つめ合《あ》った。

ふと視線《しせん》を感《かん》じて横《よこ》を見《み》ると、いつの間《ま》にかまさおがプールから上《あ》がっていて、花道《はなみち》から二人《ふたり》の様子《ようす》をうかがっていた。

「まさお……」

松本《まつもと》はまさおのバンダナの結《むす》び目《め》に、キラリと光《ひか》るものがついているのに気《き》づいた。

それは、里美《さとみ》がずっとつけていた指輪《ゆびわ》だった。松本《まつもと》と別《わか》れたあの日《ひ》、バス停《てい》で里美《さとみ》がまさおのバンダナにそっと結《むす》んでいたのだ。

松本《まつもと》はまさおに近《ちか》づいてバンダナから指輪《ゆびわ》を外《はず》すと、里美《さとみ》の手《て》を取《と》って薬指《くすりゆび》にはめた。

再《ふたた》び自分《じぶん》の指《ゆび》に戻《もど》った指輪《ゆびわ》を見《み》て、里美《さとみ》が嬉《うれ》しそうに微笑《ほほえ》む。

松本《まつもと》は里美《さとみ》を強《つよ》く抱《だ》きしめた。里美《さとみ》も涙《なみだ》ぐみながら松本《まつもと》の背中《せなか》に手《て》を回《まわ》し、肩《かた》にギュッと顔《かお》をうずめる。

参列客《さんれつきゃく》から二人《ふたり》を祝福《しゅくふく》する拍手《はくしゅ》がわき起《お》こり、松本《まつもと》と里美《さとみ》は照《て》れくさそうに顔《かお》を上《あ》げて微笑《ほほえ》んだ。

まさおの派手《はで》な立《た》ち回《まわ》りで、結婚式《けっこんしき》はめちゃくちゃになってしまい、タキシードの背《せ》広《びろ》にトランクスと靴下《くつした》だけの真一《しんいち》が、ずぶ濡《ぬ》れになって憤然《ふんぜん》とプールサイドに立《た》つ花嫁《はなよめ》に、ひたすら謝《あやま》り続《つづ》けていた。

プールから上《あ》がってきた松本《まつもと》も平謝《ひらあやま》りし、里美《さとみ》も苦笑《にがわら》いしながら花嫁《はなよめ》をなだめた。

「まあまあ、多恵《たえ》さん。みんな楽《たの》しんでるし……」

里美《さとみ》の言葉《ことば》に、目《め》をつり上《あ》げていた花嫁《はなよめ》が参列客《さんれつきゃく》たちを振《ふ》り返《かえ》ると、

「おめでとー！」

「最高《さいこう》の結婚式《けっこんしき》だったよー！」

「楽《たの》しかったあ！」

笑顔《えがお》になった参列客《さんれつきゃく》から歓声《かんせい》と拍手《はくしゅ》が飛《と》び交《か》った。

「……ふん。仕方《しかた》ないわね」

花嫁《はなよめ》はまんざらでもない顔《かお》で参列客《さんれつきゃく》たちに手《て》を振《ふ》り、松本《まつもと》と里美《さとみ》はホッと顔《かお》を見合《みあ》わ

せた。

結婚式《けっこんしき》が終《お》わり、松本《まつもと》とまさおは誰《だれ》もいないプールサイドで肩《かた》を並《なら》べて座《すわ》っていた。

いつの間《ま》にか日《ひ》が傾《かたむ》きはじめ、プールの水面《すいめん》がオレンジ色《いろ》に染《そ》まっていく。

「なあ、まさお。俺《おれ》はありがとうなんて言《い》わねえぞ」

松本《まつもと》が照《て》れくさそうに前《まえ》を向《む》いたまま言《い》うと、まさおはきょとんとした顔《かお》で松本《まつもと》を見《み》つめた。

「今《いま》までも楽《たの》しかったけど……これからも、もっともっと楽《たの》しくしていこうな」

まさおが嬉《うれ》しそうにワンッと吠《ほ》える。松本《まつもと》はまさおの頭《あたま》を引《ひ》き寄《よ》せた。

「おまえは犬《いぬ》で、俺《おれ》は人間《にんげん》。だけど、おまえと俺《おれ》はずっと友達《ともだち》な」

再《ふた》びまさおがワンッと吠《ほ》え、松本《まつもと》は微笑《ほほえ》みながらまさおの頭《あたま》に頬《ほお》をくっつけた。

まさおと一緒《いっしょ》に落《お》ちていく夕日《ゆうひ》を眺《なが》めながら、この旅《たび》がずっと続《つづ》くといいなぁと思《おも》った。

目指《めざ》すは日本全国制覇《にほんぜんこくせいは》、そしてゆくゆくは海外《かいがい》ロケだってあるかもしれない。まさおと一緒《いっしょ》なら、きっとどこに行《い》っても楽《たの》しいし、みんなに笑《わら》いを届《とど》けられるだろう。

何《なに》よりまさおと一緒《いっしょ》にいられる自分《じぶん》が、幸《しあわ》せだった。まさおはいつも元気《げんき》をくれる。勇気《ゆうき》をくれる。

まさお以上《いじょう》の友達《ともだち》なんてできないんじゃないかと思《おも》うくらい、まさおは最高《さいこう》の友達《ともだち》だった。

10.

地元《じもと》でのロケ撮影《さつえい》から帰《かえ》ってきた松本《まつもと》は、夜遅《よるおそ》くにまさおを『WAN《ワン》 NYAN《ニャン》』に連《つ》れていった。すると辻《つじ》が珍《めずら》しく残《のこ》っていて、ケージにまさおを入《い》れていた松本《まつもと》に声《こえ》をかけてきた。

「まさお、今日《きょう》は疲《つか》れただろうから、ゆっくり休《やす》みな」

松本《まつもと》が声《こえ》をかけるとまさおはクゥーンと鳴《な》き、床《ゆか》に伏《ふ》せて目《め》を閉《と》じた。

犬舎《けんしゃ》の明《あ》かりを消《け》して扉《とびら》を閉《し》め、辻《つじ》と二階《にかい》にある社長室《しゃちょうしつ》へ向《む》かった。辻《つじ》がデスクの引《ひ》き出《だ》しから書類《しょるい》を取《と》り出《だ》し、無言《むごん》で松本《まつもと》に手渡《てわた》す。

それは、まさおの診断書《しんだんしょ》だった。

「……悪性《あくせい》リンパ腫《しゅ》……？」

診断書《しんだんしょ》に書《か》かれていた病名《びょうめい》を見《み》て、松本《まつもと》は首《くび》をひねった。聞《き》き慣《な》れない病名《びょうめい》だったが、

〈悪性《あくせい》〉という言葉《ことば》に胸騒《むなさわ》ぎを覚《おぼ》えた。

「要《よう》するに、ガンだよ。ガン」

「ガン……？　まさおが？」

一瞬《いっしゅん》、辻《つじ》が冗談《じょうだん》を言《い》っているのかと思《おも》った。しかし、辻《つじ》の顔《かお》はいたって真面目《まじめ》で、眉《み》間《けん》に深《ふか》いシワを刻《きざ》んでいる。

「正直《しょうじき》、年《とし》を取《と》るスピードも人間《にんげん》より早《はや》ければ、病気《びょうき》の進行《しんこう》も人間《にんげん》より早《はや》い。あとは抗《こう》ガン剤《ざい》で、少《すこ》しでも長生《ながい》きさせてやるしかない」

深刻《しんこく》な顔《かお》をした辻《つじ》から告《つ》げられ、松本《まつもと》は目《め》の前《まえ》が真《ま》っ暗《くら》になり足元《あしもと》がグラグラと揺《ゆ》らいだ。

（まさおが、ガン……!?）

そんなバカな。だって今日《きょう》だって、ホテルを走《はし》り回《まわ》って、オードブルやケーキを派手《はで》に食《く》い散《ち》らかしてたんだぞ。

あんなに元気《げんき》いっぱいなのに、ガンなわけないだろ……!?

松本《まつもと》は持《も》っていた診断書《しんだんしょ》に目《め》を落《お》とした。しかし何度《なんど》見《み》ても、そこには〈病名《びょうめい》／悪性《あくせい》リンパ腫《しゅ》〉と書《か》かれている。

（嘘《うそ》だろ……!?）

愕然《がくぜん》と立《た》ちつくす松本《まつもと》を見《み》て、辻《つじ》は「はぁーあ」と頭《あたま》をかいた。

「金《かね》かかるんだよなぁ、動物《どうぶつ》の治療《ちりょう》って」

わざと軽口《かるくち》を叩《たた》く辻《つじ》を、松本《まつもと》は無言《むごん》で見《み》つめた。

「……何《なん》だよ。ふざけんなって、襟首《えりくび》つかんでよ。張《は》り合《あ》いないなぁ」

辻《つじ》が自分《じぶん》の襟首《えりくび》をつかみながら言《い》うのを見《み》て、松本《まつもと》は小《ちい》さく口角《こうかく》を上《あ》げた。辻《つじ》はフッと笑《わら》い、首《くび》を軽《かる》く横《よこ》に振《ふ》ると、松本《まつもと》を見《み》つめた。

「死《し》なせねえよ。まさおは、絶対《ぜったい》死《し》なせねえ」

辻《つじ》の口《くち》からきっぱりと言《い》い放《はな》たれた言葉《ことば》は、決意《けつい》でもあり、願《ねが》いでもあった。

松本《まつもと》は診断書《しんだんしょ》を握《にぎ》りしめ、小《ちい》さくうなずいた。

一週間後《いっしゅうかんご》。松本《まつもと》は『太陽《たいよう》の家《いえ》』を訪《おとず》れた。

子《こ》どもたちは庭《にわ》でサッカーをしたり、ベンチに座《すわ》っておしゃべりしたりと、思《おも》い思《おも》いの時間《じかん》を過《す》ごしている。

まさおとダイアンは庭《にわ》の片隅《かたすみ》に設置《せっち》された台《だい》の上《うえ》で、寄《よ》り添《そ》って伏《ふ》せていた。ダイアンの首《くび》にはまさおとお揃《そろ》いの赤《あか》いバンダナが巻《ま》かれている。

病名《びょうめい》がわかってからは、まさおは『太陽《たいよう》の家《いえ》』でダイアンと一緒《いっしょ》に過《す》ごすことになった。入院《にゅういん》させることも考《かんが》えたが、病院《びょういん》のケージの中《なか》で過《す》ごすより、愛《あい》するダイアンのそばで休《やす》ませた方《ほう》がまさおのためにも、そしてダイアンのためにも最良《さいりょう》だと思《おも》ったのだ。

松本《まつもと》は少《すこ》し離《はな》れたベンチに腰《こし》かけ、二匹《にひき》の姿《すがた》を見《み》つめた。松本《まつもと》に気《き》づいたまさおはしっぽを振《ふ》り、松本《まつもと》をじっと見《み》つめ返《かえ》す。

辻《つじ》からまさおの病名《びょうめい》を聞《き》かされて以来《いらい》、松本《まつもと》はずっと考《かんが》えていた。まさおのために何《なに》がしてやれるのか――。

でも、何《なに》もしてやれない。

自分《じぶん》に出来《でき》ることと言《い》えば、病気《びょうき》が良《よ》くなるように祈《いの》ることと、こうしてまさおに会《あ》いに来《く》ることぐらいだ……。

松本《まつもと》が思《おも》いにふけっていると、敦史《あつし》がやってきた。

何《なに》も言《い》わずに松本《まつもと》の隣《となり》に立《た》ち、まさおとダイアンを見《み》つめる。敦史《あつし》もまさおの病気《びょうき》のことを知《し》っていた。

しばらく黙《だま》って二匹《にひき》を見《み》つめていると、

「松本《まつもと》くん」

敦史《あつし》が声《こえ》をかけてきた。

「やっぱりこういうときも、笑《わら》いが一番《いちばん》なんじゃね？」

両目《りょうめ》に五十円玉《ごじゅうえんだま》をはさんで、ニッと笑《わら》う。松本《まつもと》は思《おも》わず口元《くちもと》を緩《ゆる》めた。

「……だから人《ひと》の持《も》ちネタ、パクんなって」

文句《もんく》を言《い》いながらも、敦史《あつし》のおかげで少《すこ》しだけ気持《きも》ちが晴《は》れた。

——最近《さいきん》、ずっと笑《わら》ってなかったからな……。

やっぱり笑《わら》いはいいな、と松本《まつもと》は実感《じっかん》した。一瞬《いっしゅん》でも嫌《いや》なことを忘《わす》れさせてくれるし、幸《しあわ》せな気分《きぶん》にさせてくれる。

まさおは番組《ばんぐみ》を通《つう》じていつもみんなを笑《わら》わせて、こんな気持《きも》ちにさせてくれてたんだろうな。

「……そうか」

松本《まつもと》の胸《むね》に、ある想《おも》いがふっとわいた。

俺《おれ》がまさおのためにできること。

それはやっぱり、笑《わら》いしかない。

俺《おれ》は医者《いしゃ》でもないし、神様《かみさま》でもない。ただの芸人《げいにん》だ。

芸人《げいにん》ができることは、ただひとつ。人《ひと》を笑《わら》わせること。

まさおが今《いま》まで全国《ぜんこく》を旅《たび》して、みんなを笑顔《えがお》にしてくれたように、俺《おれ》も笑《わら》わせたい

——。

「敦史《あつし》、ありがとな！」

松本《まつもと》はベンチから立《た》ち上《あ》がると、太陽《たいよう》の家《いえ》を出《で》て、事務所《じむしょ》に向《む》かった。

11.

まさおの病気《びょうき》が発覚《はっかく》してから、半年後《はんとしご》――。


都内《とない》のとある小劇場《しょうげきじょう》で、お笑《わら》いライブが開《ひら》かれていた。

入《い》り口《ぐち》には出演者《しゅつえんしゃ》の写真《しゃしん》が入《はい》ったポスターが貼《は》られ、その中《なか》には松本《まつもと》の姿《すがた》もあった。

芸名《げいめい》は『WANTED《ウォンテッド》松本《まつもと》』になっていた。

客席《きゃくせき》にはお笑《わら》い好《ず》きの若《わか》い女性客《じょせいきゃく》の他《ほか》に、中年《ちゅうねん》の男女《だんじょ》や小学生《しょうがくせい》くらいの子《こ》どもの姿《すがた》もあり、客《きゃく》の入《い》りは上々《じょうじょう》のようだった。

舞台《ぶたい》の脇《わき》に置《お》かれた名前札《なまえふだ》がめくられ、出《で》ばやしが鳴《な》った。

舞台《ぶたい》の袖《そで》にスタンバイしていた松本《まつもと》は頬《ほお》を叩《たた》いて気合《きあい》を入《い》れると、ステージに出《で》て行《い》った。

「どーもぉ！」

松本《まつもと》が出《で》てきたとたん、客席《きゃくせき》から歓声《かんせい》と拍手《はくしゅ》が起《お》こった。

「相方《あいかた》に捨《す》てられて犬《いぬ》に拾《ひろ》われた、『WANTED《ウォンテッド》松本《まつもと》』でぇーす！ ウォンテッド！」

客《きゃく》の中《なか》には〈まさおくんが行《い》く！〉の帽子《ぼうし》やT《ティー》シャツを着《き》ていたり、まさおの写真《しゃしん》を貼《は》った応援《おうえん》ボードを持《も》っている人《ひと》もいた。

「いやぁ俺今《おれいま》ね、まさおっていう犬《いぬ》と旅《たび》してるんですけど、旅先《たびさき》でみーんな言《い》うんですよ。かわいいねぇ、かわいいね〜って」

松本《まつもと》はマイクに向《む》かってしゃべりながら、犬《いぬ》をなでるしぐさをした。

「かわいい、かわいい言《い》いますけど、あいつ四十《しじゅう》過《す》ぎのおっさんですからね！」

客《きゃく》がどっと笑《わら》う。

この半年間《はんとしかん》、松本《まつもと》はお笑《わら》いライブに精力《せいりょく》を注《そそ》いできた。社長《しゃちょう》の黒田《くろだ》にピンでもいいから舞台《ぶたい》に上《あ》がりたいと訴《うった》えたのだ。

俺《おれ》はまさおとの番組《ばんぐみ》で、ただ笑《わら》われてただけなのかもしれない。

でも、笑《わら》われたって、笑《わら》わせたって、同《おな》じ笑顔《えがお》だ。

まさおがその天然《てんねん》ボケっぷりと旺盛《おうせい》な好奇心《こうきしん》で視聴者《しちょうしゃ》に笑顔《えがお》や元気《げんき》を届《とど》けたように、自分《じぶん》も舞台《ぶたい》で客《きゃく》を笑《わら》わせたいと思《おも》った。

まさおと旅《たび》が出来《でき》なくなってしまった今自分《いまじぶん》にできることは、舞台《ぶたい》に立《た》って、まさおと旅《たび》をしてきた日々《ひび》のことを伝《つた》えて、まさおの代《か》わりにみんなを笑顔《えがお》にさせることしかないと思《おも》ったのだ。

「まぁそのおっさんとも、もう二年《にねん》です。一緒《いっしょ》に番組《ばんぐみ》やって二年《にねん》。実《じつ》は俺《おれ》もまさおも、運《うん》が良《よ》くて大抜擢《だいばってき》されたんです。ギャラの安《やす》さで！」

松本《まつもと》が親指《おやゆび》と人差《ひとさ》し指《ゆび》で丸《まる》をつくってお金《かね》を表《あらわ》すジェスチャーをすると、再《ふたた》び客席《きゃくせき》から笑《わら》いが起《お》きた。

「もうその当時《とうじ》の一日《いちにち》のギャラが、俺八千円《おれはっせんえん》、まさお二万円《にまんえん》」

客《きゃく》からエーッと驚《おどろ》きの声《こえ》が上《あ》がり、

「ホントに。まぁ当時《とうじ》っつっても、今《いま》でも変《か》わんないですけどね」

また笑《わら》いが起《お》こった。

客席《きゃくせき》の誰《だれ》もが笑顔《えがお》になっている中《なか》、一番後《いちばんうし》ろには真剣《しんけん》な表情《ひょうじょう》で舞台《ぶたい》を見《み》つめる黒田《くろだ》の姿《すがた》があった。

「だからまさおに言《い》ってやったんです。何《なん》で犬《いぬ》のおまえの方《ほう》が、俺《おれ》よりギャラが高《たか》いんだ！　って。そしたら言《い》ってましたよ。――ハウゥッ！」

松本《まつもと》がまさおの鳴《な》き真似《まね》をして笑《わら》いをとっていると、客席《きゃくせき》の扉《とびら》が開《ひら》いて水希《みずき》が入《はい》ってきた。黒田《くろだ》に駆《か》け寄《よ》り、切迫《せっぱく》した表情《ひょうじょう》で話《はな》しはじめる。

松本《まつもと》は舞台《ぶたい》からチラリと二人《ふたり》に目《め》をやったが、すぐに漫談《まんだん》を続《つづ》けた。

「普通《ふつう》、犬《いぬ》ってワンッって言《い》うでしょ？　あいつ、犬《いぬ》みたいにできないんですよ。――ハウゥッ！　よだれがすごくてツララみたいなのがズルーッって」

水希《みずき》が舞台《ぶたい》へ向《む》かおうとするが、黒田《くろだ》がそれを制《せい》した。松本《まつもと》はその姿《すがた》を見《み》ながらも、しゃべり続《つづ》けた。

「あと犬《いぬ》ってボール投《な》げたら普通《ふつう》は追《お》うじゃないですか。ワアーって。あいつは、まさおは違《ちが》いますよ。ボール投《な》げて行《い》けーって言《い》っても、ここでフーン！　フーンってしながら『何《なん》ですか？　あなたはなぜボールを投《な》げてるんですか？』そんな顔《かお》しやがるんですよ」

まさおの顔真似《かおまね》に客席《きゃくせき》は笑《わら》いの渦《うず》に包《つつ》まれた。

水希《みずき》は黒田《くろだ》に頭《あたま》を下《さ》げ、扉《とびら》の前《まえ》で舞台《ぶたい》を振《ふ》り返《かえ》って出《で》て行《い》った。

松本《まつもと》には水希《みずき》がここに来《き》た理由《りゆう》がわかっていた。

でも今《いま》ここで、舞台《ぶたい》を降《お》りることはできない。

俺《おれ》には、やらなきゃいけないことがある。伝《つた》えなきゃいけないことがあるんだ……！

松本《まつもと》は汗《あせ》を飛《と》び散《ち》らせながら、マイクに向《む》かって夢中《むちゅう》でしゃべり続《つづ》けた。

「それとウチにね、フランス人形《にんぎょう》のオルゴールがあるんですけど、それが夜中《よなか》に急《きゅう》に回《まわ》りはじめたときに、まさおがもう敵《てき》だと思《おも》って人形《にんぎょう》に一直線《いっちょくせん》！　ウガァァァー！　アムウッ！　人形《にんぎょう》をガウガウガウ！　勇《いさ》ましかったですよぉ。守《まも》ろうとしてくれたんですね、僕《ぼく》のこと」

まさおが人形《にんぎょう》に食《く》らいついてブンブン首《くび》を振《ふ》る真似《まね》をしながら、松本《まつもと》はあの夜《よる》のことを思《おも》い出《だ》していた。

人形《にんぎょう》をくわえてアパート中《じゅう》を駆《か》け回《まわ》り、外《そと》へ飛《と》び出《だ》して行《い》ったまさお。あのときはわからなかったけど、今《いま》ならわかる。

動《うご》き出《だ》した人形《にんぎょう》を敵《てき》だと思《おも》ったまさおは、あいつなりに俺《おれ》を守《まも》ろうとしてくれたんだよな……。

「まぁそんな俺《おれ》にも、長年支《ながねんささ》えてくれた彼女《かのじょ》がいたわけですけど、実家《じっか》に帰《かえ》ることになりましてね。まさおと一緒《いっしょ》に見送《みおく》りに行《い》ったんです。その日《ひ》はもう部屋《へや》でまさおにしがみついて泣《な》きましたよ！」

客席《きゃくせき》から小《ちい》さな笑《わら》いが起《お》こり、松本《まつもと》は汗《あせ》を拭《ぬぐ》った。

あの夜《よる》、里美《さとみ》と別《わか》れた寂《さび》しさに一人《ひとり》では耐《た》え切《き》れず、まさおと一緒《いっしょ》に夜《よる》を過《す》ごした。

同《おな》じ布団《ふとん》に入《はい》って背中《せなか》にしがみつき泣《な》きはじめた俺《おれ》を、まさおは黙《だま》って受《う》け止《と》めてくれた。

あのときのまさおの温《ぬく》もりは、今《いま》も鮮明《せんめい》に覚《おぼ》えている。

「まぁ僕《ぼく》が落《お》ち込《こ》んでいるのをわかってくれたのか、そのあと障害物競走《しょうがいぶつきょうそう》に出場《しゅつじょう》したんですけど、まじめに走《はし》るんですよ。あんなバカ面《づら》してるのに、一生懸命走《いっしょうけんめいはし》ってくれて。何《なに》かそれがメチャクチャかっこよくて。俺《おれ》、あいつのあんときの顔《かお》、一生忘《いっしょうわす》れないと思《おも》います」

いつも他《ほか》の犬《いぬ》と競争《きょうそう》させても興味《きょうみ》なさげに知《し》らんぷりしていたまさおが、あの障害物《しょうがいぶつ》競走《きょうそう》では違《ちが》った。

今《いま》まで見《み》たことのないような真剣《しんけん》な表情《ひょうじょう》で、障害物《しょうがいぶつ》を飛《と》び越《こ》え、走《はし》ってくれた。まるで落《お》ち込《こ》んでいた俺《おれ》を励《はげ》ましてくれるかのように……。

「バカじゃねえのーって思《おも》われるかもしれないけど、俺《おれ》はまさおのこと、友達《ともだち》だ！　って思《おも》ってるんですよね。最初《さいしょ》はね、言《い》うことは聞《き》かないし、おいしいとこ持《も》ってっちゃうし、もう俺《おれ》のこと見下《みくだ》してるかのようにマウントしてくるし、ギャラは俺《おれ》より高《たか》いし！　大《だい》ッ嫌《きら》いだったんですけどね」

松本《まつもと》は体《からだ》を動《うご》かし、拳《こぶし》を握《にぎ》りしめながら、必死《ひっし》にしゃべり続《つづ》けた。

笑《わら》って盛《も》り上《あ》がっていた客《きゃく》たちも、いつのまにか真剣《しんけん》な表情《ひょうじょう》で松本《まつもと》の話《はなし》に耳《みみ》を傾《かたむ》けていた。

「何《なに》かあいつ、あったかいんスよね。おバカなくせに、まっすぐな目《め》で俺《おれ》のこと見《み》てくれて。……俺《おれ》、あいつに会《あ》わなかったら、寂《さび》しい人間《にんげん》だったと思《おも》います」

まさおがいなかったら、俺《おれ》は今《いま》も無理《むり》して人《ひと》を笑《わら》わせようとしていただろうし、里美《さとみ》も失《うしな》ったままにちがいない。

まさおは俺《おれ》にいろんなことを教《おし》えてくれた。

芸人《げいにん》としても男《おとこ》としても、大切《たいせつ》なことを——。

松本《まつもと》は泣《な》きそうになるのを必死《ひっし》にこらえ、客席《きゃくせき》に向《む》かってニッと微笑《ほほえ》んだ。

「いつかあいつに伝《つた》えようと思《おも》ってるんです。俺《おれ》は、おまえのこと、何気《なにげ》に好《す》きだよって。きっとあいつも答《こた》えてくれると思《おも》います。——ハウゥウッ！　って」

最後《さいご》にまさおの顔真似《かおまね》をすると、客席《きゃくせき》がどっとわいた。はちきれんばかりの笑顔《えがお》を前《まえ》にした松本《まつもと》の胸《むね》がじんと熱《あつ》くなる。

「どうもありがとうございましたぁー！」

客席《きゃくせき》に向《む》かって頭《あたま》を下《さ》げる松本《まつもと》に、客席《きゃくせき》からはあふれんばかりの拍手《はくしゅ》が送《おく》られた。

松本《まつもと》はお辞儀《じぎ》をしながら舞台《ぶたい》の袖《そで》に下《さ》がり、スタッフたちに「お疲《つか》れさまでした」と声《こえ》をかけて階段《かいだん》を降《お》りた。すると裏口《うらぐち》に通《つう》じる廊下《ろうか》の前《まえ》で黒田《くろだ》が待《ま》っていた。

「松本《まつもと》っ、急《いそ》げ！　まさおが……！」

「わかってます！」

松本《まつもと》は廊下《ろうか》を走《はし》りぬけて裏口《うらぐち》から出《で》ると、動物病院《どうぶつびょういん》に向《む》かった。


この半年間《はんとしかん》、まさおは闘病生活《とうびょうせいかつ》を送《おく》ってきた。

松本《まつもと》も一緒《いっしょ》に闘《たたか》うために、毎日《まいにち》のようにまさおに会《あ》いに行《い》っていた。

しかし、次第《しだい》にまさおは横《よこ》たわっている時間《じかん》が長《なが》くなっていった。

それでも松本《まつもと》が会《あ》いにくると、まさおは懸命《けんめい》にシッポを振《ふ》ってクゥンと鳴《な》き、力強《ちからづよ》い瞳《ひとみ》で松本《まつもと》を見《み》つめてきた。

まるで「僕《ぼく》は大丈夫《だいじょうぶ》だよ。だから松本《まつもと》も頑張《がんば》れ」と伝《つた》えるかのように——。

その気丈《きじょう》な態度《たいど》を見《み》て、松本《まつもと》はきっとまさおは病気《びょうき》を乗《の》り越《こ》えられると信《しん》じてきた。

回復《かいふく》したらまた一緒《いっしょ》に旅《たび》をしようと、まさおに何度《なんど》も言《い》い続《つづ》けてきた。

けれど——……。


松本《まつもと》は息《いき》を切《き》らしながら動物病院《どうぶつびょういん》へ続《つづ》く道《みち》を走《はし》った。やがて病院《びょういん》が見《み》えてきた。

駐車場《ちゅうしゃじょう》には東京《とうきょう》タウンテレビのロケバスが停《と》められていた。正面入《しょうめんい》り口《ぐち》はすでに閉《し》まっていて、松本《まつもと》は通用口《つうようぐち》から病院《びょういん》に入《はい》った。

「まさお……っ！」

診察室《しんさつしつ》に飛《と》び込《こ》んだ松本《まつもと》の目《め》に映《うつ》ったのは、診察台《しんさつだい》の上《うえ》でぐったりと横《よこ》たわっているまさおの姿《すがた》だった。

河原《かわはら》、水希《みずき》、そして辻《つじ》が診察台《しんさつだい》を囲《かこ》み、まさおを見守《みまも》っている。

聴診器《ちょうしんき》をまさおの体《からだ》に当《あ》てていた獣医《じゅうい》が顔《かお》を上《あ》げ、首《くび》を小《ちい》さく横《よこ》に振《ふ》った。

「まさお……」

松本《まつもと》はそっとまさおの体《からだ》に触《ふ》れた。まさおがぼんやりとした目《め》で松本《まつもと》を見《み》つめる。

もう尻尾《しっぽ》を振《ふ》る力《ちから》も、クゥンと鳴《な》く力《ちから》も残《のこ》っていないのだ。

「まさお……俺《おれ》、まだおまえに何《なに》もしてやれてねえよ！」

松本《まつもと》はまさおの頭《あたま》をなでながら、体《からだ》を屈《かが》めて顔《かお》を近《ちか》づけた。

「俺《おれ》、まだおまえのこと笑《わら》わせてねえし！　おまえのこと腹《はら》いっぱいにさせてねえし！

まだまだおまえと走《はし》り足《た》りねえし……もっともっとおまえと走《はし》りたいよ……っ！」

涙《なみだ》がボロボロとこぼれてきて、松本《まつもと》は必死《ひっし》で嗚咽《おえつ》をこらえた。屈《かが》めた体《からだ》を起《お》こし、まさおの小《ちい》さくなった体《からだ》をなでる。

「それに俺《おれ》、おまえに会《あ》えたこと、ちゃんとお礼《れい》も言《い》えてねえし！　まさお！　聞《き》こえてんなら、返事《へんじ》しろよ……っ！」

松本《まつもと》が涙《なみだ》で喉《のど》を詰《つ》まらせながら叫《さけ》ぶと、ぐったりとしていたまさおの前足《まえあし》がゆっくりと動《うご》き、診察台《しんさつだい》に置《お》いた松本《まつもと》の手《て》に触《ふ》れた。

「まさお。聞《き》こえるか……？」

松本《まつもと》はその前足《まえあし》を右手《みぎて》でギュッと握《にぎ》りしめ、左手《ひだりて》でまさおの頭《あたま》を優《やさ》しくなでた。

「まさお……ありがとな。ありがとう。ありがとな、まさお……っ！」

松本《まつもと》の言葉《ことば》に反応《はんのう》したかのように、まさおが一度《いちど》大《おお》きく呼吸《こきゅう》したかと思《おも》うと、やがてその瞳《ひとみ》がゆっくりと閉《と》じられていった。

「まさお、まさお。ありがとな。ありがとな……っ！」

松本《まつもと》は息《いき》を引《ひ》き取《と》ったまさおの頭《あたま》に頬《ほお》をすり寄《よ》せながら、何度《なんど》も何度《なんど》もつぶやいた。

「……まさおには、ちゃんと聞《き》こえたよ。今《いま》まで話《はな》した言葉《ことば》は、全部《ぜんぶ》まさおには聞《き》こえてるよ」

辻《つじ》が松本《まつもと》の肩《かた》に手《て》を置《お》くと、松本《まつもと》はまさおにすがって嗚咽《おえつ》した。そしてふらっと立《た》ち上《あ》がり、まさおを抱《だ》きかかえた。

「ちょっ、松本《まつもと》さん！」

水希《みずき》が驚《おどろ》いて診察台《しんさつだい》に近《ちか》づく。

「まさおを……ダイアンのとこに連《つ》れてく……っ！」

「松本《まつもと》さん、何《なに》やってんの！　ダメだよっ！」

まさおを抱《かか》えて診察室《しんさつしつ》を出《で》て行《い》こうとする松本《まつもと》を水希《みずき》が必死《ひっし》で押《お》さえていると、

「理屈《りくつ》じゃねえよな、松本《まつもと》」

河原《かわはら》が言《い》った。

「めちゃくちゃだけど、それってまさおが教《おし》えてくれたことだもんな」

河原《かわはら》の言葉《ことば》を聞《き》いた松本《まつもと》は、その場《ば》に崩《くず》れ落《お》ちた。

抱《だ》きしめたまさおの体《からだ》はまだ温《あたた》かくて、穏《おだ》やかな顔《かお》はただ眠《ねむ》っているようだった。けれど、力《ちから》の抜《ぬ》けたその体《からだ》はずしりと重《おも》くて、もう二度《にど》と動《うご》かない――。
松本《まつもと》はまさおの体《からだ》に顔《かお》をうずめ、声《こえ》を上《あ》げて泣《な》いた。
診察室《しんさつしつ》には松本《まつもと》の悲痛《ひつう》な声《こえ》が響《ひび》き渡《わた》り、水希《みずき》や河原《かわはら》もこらえ切《き》れずに涙《なみだ》を流《なが》した。

12.

翌日《よくじつ》の午後《ごご》。

憔悴《しょうすい》した顔《かお》で河原《かわはら》が出勤《しゅっきん》すると、スタッフルームは空《から》で、水希《みずき》の姿《すがた》もなかった。河原《かわはら》は駅《えき》で買《か》ったスポーツ新聞《しんぶん》をデスクの上《うえ》に置《お》き、コーヒーを入《い》れた。

今日《きょう》はもしかしたら誰《だれ》も来《こ》ないかもしれないなと思《おも》った。水希《みずき》もまさおが亡《な》くなって相当《そうとう》ショックを受《う》けていたし、とても仕事《しごと》ができる状態《じょうたい》ではないだろう。河原《かわはら》もできることなら休《やす》みたかったが、やるべきことはいろいろあった。

デスクに座《すわ》った河原《かわはら》はコーヒーを飲《の》んで一息《ひといき》つくと、スポーツ新聞《しんぶん》を広《ひろ》げた。すると、芸能欄《げいのうらん》の片隅《かたすみ》に、まさおの死《し》が報《ほう》じられていた。

『テレビで人気《にんき》のまさお君《くん》　悪性《あくせい》リンパ腫《しゅ》で他界《たかい》』

小《ち》さな見出《みだ》しと共《とも》に、名前入《なまえい》りの赤《あか》いバンダナを首《くび》に巻《ま》いたまさおの写真《しゃしん》が掲載《けいさい》されていた。局長《きょくちょう》のコメントも入《はい》っている。

享年七歳《きょうねんななさい》という文字《もじ》を見《み》て、河原《かわはら》は改《あらた》めて早《はや》すぎると思《おも》った。犬《いぬ》の七歳《ななさい》といえば、人間《にんげん》でいうとちょうど五十歳《ごじゅっさい》ころだ。自分《じぶん》とたいして変《か》わらない。まだまだ遊《あそ》びたかっただろう。松本《まつもと》と一緒《いっしょ》に走《はし》りたかっただろう……。

「河原《かわはら》さんっ！」

名前《なまえ》を呼《よ》ばれて顔《かお》を上《あ》げると、水希《みずき》が走《はし》りこんできた。自分《じぶん》より先《さき》に出勤《しゅっきん》していたのだ。

「河原《かわはら》さん、表《おもて》が……！」

「え？」

「表《おもて》が大変《たいへん》なことになってます！」

水希《みずき》の緊迫《きんぱく》した顔《かお》を見《み》た河原《かわはら》は、立《た》ち上《あ》がってブラインドを押《お》し下《さ》げて窓《まど》の外《そと》をのぞいた。すると、東京《とうきょう》タウンテレビの建物《たてもの》の前《まえ》に、花束《はなたば》を持《も》った人《ひと》たちが集《あつ》まっているのが見《み》えた。正面玄関《しょうめんげんかん》の前《まえ》には長《なが》い行列《ぎょうれつ》ができ、警備員《けいびいん》が対応《たいおう》に追《お》われている。

河原《かわはら》が驚《おどろ》いて水希《みずき》を見《み》ると、泣《な》きはらした目《め》で微笑《ほほえ》んだ。

「まさおに花《はな》を手向《たむ》けたいって。すぐに献花台《けんかだい》を作《つく》りましょう」


正面玄関前《しょうめんげんかんまえ》に献花台《けんかだい》が急《きゅう》きょ設置《せっち》され、花《はな》を持《も》った人《ひと》たちが並《なら》びはじめた。あっという間《ま》に長蛇《ちょうだ》の列《れつ》となり、続々《ぞくぞく》と人《ひと》が集《あつ》まってさらに伸《の》びていく。

『ありがとう　まさお君《くん》』と書《か》かれたボードには赤《あか》いバンダナを巻《ま》いたまさおの写真《しゃしん》が中央《ちゅうおう》に飾《かざ》られ、その周《まわ》りにたくさんの旅《たび》のスナップ写真《しゃしん》が貼《は》られていた。

献花台《けんかだい》の前《まえ》には河原《かわはら》、水希《みずき》、そして松本《まつもと》が並《なら》び、訪《おとず》れてくれた人《ひと》たちに頭《あたま》を下《さ》げた。

献花台《けんかだい》には花《はな》が次々《つぎつぎ》と置《お》かれ、花々《はなばな》の中《なか》にはうまい棒《ぼう》やビーフジャーキー、そしてまさおに宛《あ》てた手紙《てがみ》や、子《こ》どもたちが描《えが》いたまさおの似顔絵入《にがおえい》りのメッセージボードも一緒《いっしょ》に供《そな》えられていた。

泣《な》いている子《こ》どもを連《つ》れた母親《ははおや》や、愛犬《あいけん》を抱《だ》いた年配《ねんぱい》の男性《だんせい》、スーツ姿《すがた》のサラリーマンなど、さまざまな人《ひと》たちがまさおの写真《しゃしん》の前《まえ》で手《て》を合《あ》わせて冥福《めいふく》を祈《いの》ってくれた。行《ぎょう》列《れつ》は階段《かいだん》の上《うえ》まで延々《えんえん》と続《つづ》いている。

松本《まつもと》は献花《けんか》に訪《おとず》れた人々《ひとびと》におじぎをしながら、まさおの遺影《いえい》を振《ふ》り返《かえ》った。

まさお。

見《み》えるか？　聞《き》こえるか？

こんだけの人《ひと》が、おまえの死《し》を悲《かな》しんでくれてる。

でもそれは、おまえがこんだけの人《ひと》を笑《わら》わせて、こんだけの人《ひと》に力《ちから》を与《あた》えて、こんだけの人《ひと》に愛《あい》されたからだぞ。

『太陽《たいよう》の家《いえ》』の子《こ》どもたちも町村《まちむら》に連《つ》れられて献花《けんか》に来《き》てくれていた。花《はな》や手紙《てがみ》、そして犬《いぬ》のおもちゃなどを献花台《けんかだい》に供《そな》え、静《しず》かに手《て》を合《あ》わせた。敦史《あつし》の足元《あしもと》には、まさおとお揃《そろ》いのバンダナを巻《ま》いたダイアンもいた。

「まぁ、元気《げんき》出《だ》して」

町村《まちむら》が松本《まつもと》の肩《かた》を優《やさ》しくたたき、松本《まつもと》は「……はい」と小《ちい》さくうなずいた。

「ダイアンも寂《さび》しくなるな」

敦史《あつし》に連《つ》れられたダイアンは、まさおの遺影《いえい》を悲《かな》しげに見《み》つめ、ワンワン吠《ほ》え出《だ》した。ダイアンもまさおの死《し》を感《かん》じ取《と》ったのだろう。松本《まつもと》はしゃがみこんでダイアンの背中《せなか》をなでた。


献花台《けんかだい》への行列《ぎょうれつ》は夕方《ゆうがた》になっても途切《とぎ》れることなく、延々《えんえん》と続《つづ》いていた。献花台《けんかだい》にはあふれんばかりの花《はな》やお供《そな》え物《もの》が積《つ》み重《かさ》なっていく。

「ありがとう、まさお君《くん》」

「まさお君《くん》、天国《てんごく》でゆっくり休《やす》んでね」

まさおの遺影《いえい》に手《て》を合《あ》わせた人々《ひとびと》から涙《なみだ》ながらに発《はっ》せられ、献花台《けんかだい》の横《よこ》に立《た》っていた松本《まつもと》にも「ありがとう」「元気《げんき》出《だ》してね」と次々《つぎつぎ》に言葉《ことば》がかけられた。

気丈《きじょう》に振《ふ》る舞《ま》おうとしていた松本《まつもと》の目《め》から涙《なみだ》がこぼれ、献花《けんか》に訪《おとず》れていた里美《さとみ》がそっと支《ささ》えた。

溢《あふ》れかえる人々《ひとびと》の「ありがとう」の声《こえ》は、途絶《とだ》えることなく続《つづ》いていった——。

13.

数日後《すうじつご》。

町村《まちむら》から子犬《こいぬ》が産《う》まれたと連絡《れんらく》をもらった松本《まつもと》、水希《みずき》、河原《かわはら》は、『太陽《たいよう》の家《いえ》』を訪《おとず》れた。

食堂《しょくどう》の片隅《かたすみ》に設置《せっち》されたケージの中《なか》では、四匹《よんびき》の黄色《きいろ》い子犬《こいぬ》と三匹《さんびき》の黒《くろ》い子犬《こいぬ》がむさぼるように横《よこ》たわったダイアンのおっぱいを飲《の》んでいた。ケージの周《まわ》りには子《こ》どもたちが群《むら》がり、笑顔《えがお》で子犬《こいぬ》たちを見守《みまも》っている。

「小《ちい》さいのによく飲《の》むなあ」

河原《かわはら》が子犬《こいぬ》たちの飲《の》みっぷりに感心《かんしん》していると、横《よこ》にいた水希《みずき》が微笑《ほほえ》んだ。

「そりゃあ、まさおの子《こ》どもたちですもん」

水希《みずき》の言葉《ことば》にみんなが笑《わら》った。松本《まつもと》も子犬《こいぬ》たちの元気《げんき》な姿《すがた》を見《み》て嬉《うれ》しそうに微笑《ほほえ》む。

すると、おっぱいを飲み終《お》えた黄色《きいろ》い子犬《こいぬ》を、水希《みずき》がそっと抱《だ》き上《あ》げた。

「ねえ、見《み》て見《み》て。この子《こ》、まさおそっくりじゃない？」

そう言《い》って松本《まつもと》に向《む》けられた黄色《きいろ》い毛《け》の男《おとこ》の子《こ》は、二重《ふたえ》でたれ目《め》なところがまさおに瓜二《うりふた》つだった。

「ほんとだ。バカっぽい顔《かお》もそっくりだぁ」

子犬《こいぬ》を抱《だ》きかかえた松本《まつもと》が言《い》うと、子《こ》どもたちが笑《わら》った。河原《かわはら》も子犬《こいぬ》を見《み》てニヤッと微笑《ほほえ》む。

「よし。今度《こんど》はこいつで番組作《ばんぐみつく》るか」

「河原《かわはら》さん、もう隠居《いんきょ》でいいから。あたし、一本立《いっぽんだ》ちするから」

水希《みずき》が口《くち》をはさむと、河原《かわはら》は「隠居《いんきょ》なんてしないよ」とあっさり言《い》った。

「仕事《しごと》さぼって競馬《けいば》するのが楽《たの》しいんだから」

「何《なに》それ！」

水希《みずき》があきれた顔《かお》をした。

松本《まつもと》が子犬《こいぬ》に顔《かお》を近《ちか》づけてまじまじと見《み》ていると、敦史《あつし》が近寄《ちかよ》ってきた。

「そいつ、ダイアンの『ダイ』をとって、だいすけって言《い》うんだ」

「だいすけ、か」

だいすけは額《ひたい》にしわを寄《よ》せ、垂《た》れた瞳《ひとみ》で松本《まつもと》をじっと見《み》つめていた。

ちょっぴり顔《かお》が大《おお》きいところや、困《こま》ったように額《ひたい》にしわを寄《よ》せる表情《ひょうじょう》とか、本当《ほんとう》にまさおにそっくりだ。


まさお。どうやらこいつは、おまえの後継《あとつ》ぎみたいだぞ。


笑《え》みを浮《う》かべた松本《まつもと》は、自分《じぶん》の鼻《はな》をだいすけの鼻《はな》にこすり合《あ》わせた。

「俺《おれ》と一緒《いっしょ》に旅《たび》に出《で》てみるか？」

松本《まつもと》が言《い》うと、だいすけはファ〜と小《ちい》さくあくびをした。

数《すう》か月後《げつご》。

里美《さとみ》は朝早《あさはや》くに出《で》かけていく松本《まつもと》を見送《みおく》ると、柱《はしら》に吊《つ》るしてあった大学《だいがく》ノートを一枚《いちまい》破《やぶ》り、マジックでサラサラと書《か》いた。廊下《ろうか》に出《で》て、部屋《へや》のドアにその紙《かみ》を貼《は》る。

『だいすけと旅《たび》に出《で》ています』

張《は》り紙《がみ》に書《か》かれた文字《もじ》を見《み》て、里美《さとみ》は満足《まんぞく》そうに微笑《ほほえ》んだ。

新《あら》たな旅《たび》がはじまった。

松本《まつもと》とだいすけ、そしてまさおと共《とも》に——。

Shogakukan Junior Cinema Bunko

★小学館ジュニアシネマ文庫★

LOVE まさお君が行く！

2012年 5 月28日　初版第 1 刷発行

著者／水稀しま
脚本／高橋　泉
原作／テレビ東京「ペット大集合！ポチたま
　～まさお君が行く！ポチたまペットの旅～」

発行者／丸澤　滋
印刷・製本／加藤製版印刷株式会社
デザイン／水木麻子
編集／菊池博和

発行所／株式会社　小学館
〒101-8001　東京都千代田区一ツ橋2－3－1
電話　編集　03-3230-5613
　　　販売　03-5281-3555

Printed in Japan　ISBN 978-4-09-230627-1